BASTEI
LÜBBE

Taschenbücher von KENNETH BULMER
im BASTEI-LÜBBE-Programm:

23 072	Ryder Hook, Der Nova-Mann
23 074	Ryder Hook, Mission Galaxis
23 076	Ryder Hook, Weltraum-Friedhof
23 078	Ryder Hook, Rebell der Sterne
23 080	Ryder Hook, Weltraum-Piraten

Kenneth Bulmer

RYDER HOOK – GEFANGEN IM ALL

BASTEI LÜBBE

BASTEI-LÜBBE-TASCHENBUCH
Science Fiction Abenteuer

Band 23 082

Erste Auflage: September 1988

Deutsche Lizenzausgabe 1988
Bastei-Verlag Gustav H. Lübbe GmbH & Co.,
Bergisch Gladbach
Originaltitel: Citadel of Doom
Ins Deutsche übertragen von Irene Paetzold
Lektorat: Michael Schönenbröcher
Titelillustration: Luis Royo/Norma Agency, Barcelona
Umschlaggestaltung: Quadro Grafik, Bensberg
Satz: KCS GmbH, 2110 Buchholz/Hamburg
Druck und Verarbeitung: Clausen & Bosse, Leck
Printed in Germany
ISBN 3-404-23082-5

Der Preis dieses Bandes versteht sich
einschließlich der gesetzlichen Mehrwertsteuer.

1. Kapitel

Ryder Hook blickte auf die Pistole, die der Zollbeamte in Händen hielt, und sein Innerstes bäumte sich förmlich auf. Diese Empfindung resultierte aus einer Mischung von Zorn, Entrüstung und der Verärgerung über seine eigene Dummheit, sich zu eben derartigen Emotionen überhaupt hinreißen zu lassen.

»Ganz richtig«, bestätigte er mit gleichmütiger Stimme. »Ich habe keine Kreditkarte.«

»Sie sind ein Weltraum-Vagabund!«

Die hektische Aktivität im überfüllten Raumhafen-Terminal hielt unvermindert an. Niemand nahm Notiz von dem Zöllner, der seine Waffe auf einen unauffälligen Reisenden richtete. Die gläserne Kuppel gab die Geräuschkulisse gedämpft zurück. Statische Elektrizität, Öl und die hautnahe Ansammlung der Menschen vieler verschiedener stellarer Rassen auf engstem Raum erfüllten die Luft.

»Nicht unbedingt.« Mit großartiger Gebärde zog Hook eine Geldtasche hervor und breitete deren Inhalt aus. Metallgeld glitzerte im künstlichen Licht. »Ich habe jede Menge Cash!«

Ihm war die Reaktion des Zöllners nicht entgangen. Mochte die flaschengrün und goldfarbene Uniform dieses Idioten auch noch so schmuck sein, die dazugehörige Kopfbedeckung sich wie ein mit undefinierbaren Symbolen versehener Kirchturm in die Höhe recken, seine Gesichtszüge hart und entschlossen bleiben — das bedrohliche Zucken seiner Pistole hörte umgehend auf.

Der Zollbeamte starrte auf das Metallgeld.

»Sie sehen also, daß ich sehr wohl imstande bin, auf

Leontini selbst für mich zu sorgen, und niemandem zur Last fallen werde.« Ein deutlich beruhigender Unterton schwang in Hooks Stimme mit. »Wie ich bereits sagte, kam ich nur hierher, um Linka-Ware einzukaufen. Sobald sie in meinem Schiff verstaut ist, verschwinde ich wieder.«

Einige der Wartenden begannen sich zu beschweren.

Der Zollbeamte meinte: »Na ja . . . ist dann wohl in Ordnung. Allerdings haben wir hier nicht so oft mit Weltraum-Vagabunden zu tun!«

»Ich bin kein . . .«, begann Hook, hielt dann jedoch inne. Es hatte keinen Zweck, diesen Blödmann über Gebühr zu reizen.

»Okay!« Die Sicherheitsschranke hob sich. »Gehen Sie. Und vermeiden Sie Ärger!« Dann ließ der Zöllner schließlich doch noch menschliche Züge erkennen, indem er hinzufügte: »Ich wollte Sie nicht beleidigen, Taynor Kasdun. Habe nur meine Vorschriften befolgt.«

»Sicher, sicher!« entgegnete Hook und nahm seinen Koffer an sich, den ihm ein Roboter reichte. »Vielen Dank!«

Als Kaufmann Arbit Kasdun, der sich für Linka-Gegenstände interessierte, betrat Hook die planetarische Oberfläche dieser abgelegenen Welt Leontini.

Nachdem ihn Vanda an einer Satelliten-Raumstation abgesetzt hatte, war sein Kutter *Fire Daisy* von ihr in einen sauberen Park-Orbit gebracht worden. Nun harrte sie weiterer Befehle.

Obwohl es sich bei Vanda um einen Androiden handelte, unterschied sie sich doch maßgeblich von einem Roboter. Droiden und Roboter waren vollkommen anders konstruiert. Ein Roboter konnte sich, bis auf seine Warnanlage, selbst abschalten und so auf den nächsten Einsatz warten.

Ein Android hingegen war wesentlich komplexer. Bis Hook sie wieder benötigte, würde sich Vanda weiterhin intensiv mit ihrem Lernprogramm beschäftigen. Während Hook in diese neue Welt hinausschritt, dachte er darüber nach, daß er sich inzwischen wirklich an Vandas Gesellschaft gewöhnt hatte. Und das war für einen harten, rauhbeinigen galaktischen Abenteurer reichlich eigentümlich.

Die Kräfte jenes Projektmannes, den sie an Bord des Raumschiffes in einer Spezialzelle gefangen hielten, waren viel zu schwach, um ihn vom Orbit aus erreichen zu können. Allein auf sich, sein Geschick und seine eigenen Fähigkeiten angewiesen, mußte Hook sich jener Mächte erwehren, die ihm im glitzernden Mahlstrom der Sterne nach dem Leben trachteten.

Der Projektmann hatte ihnen gesagt, er hieße Roman Urugney — aber Hook glaubte es nicht.

Unabsichtlich war ihm auch der Name seiner Kontaktperson hier unten auf Leontini entschlüpft. Ein gewisser Herr Ladio nahm Urugneys Botschaften entgegen. Urugney hatte zwar zum Zeitpunkt des Verhörs geglaubt, verloren und dem Tode geweiht zu sein, aber dennoch konnte sich Hook nicht so richtig dazu durchringen, den Worten des Novamannes zu trauen. Möglicherweise gab es hier unten wirklich einen Kontaktmann Ladio, möglicherweise aber auch nicht. In Anbetracht des verschlagenen und hinterhältigen Naturells der Novaleute war letzteres eher denkbar.

Die Projektleute und ihre Agenten, jene erschreckend kaltblütigen Vollstrecker und Killer, bekannt als Doorn, verfolgten Hook durch die Sternenwelt und würden ihn, sobald sie seiner habhaft würden, bedenkenlos umbringen. Natürlich würde auch Ryder Hook, wenn er die Chance bekäme, sich frohen Herzens ihrer entledigen. Sobald dieser Gefangene, Roman Urugney, seinen Zweck erfüllt hatte, war auch er absolut überflüssig.

Während Hook den örtlichen Zubringerbus in die Stadt bestieg, weilten seine Gedanken bei Vanda.

Er verspürte nicht die geringte Ausstrahlung eines Projektmannes. Kam jedoch ein Novamann — oder eine Novafrau — in seine Nähe, würde Hook es wissen.

Hier unten wollte er jetzt Hinweisen nachgehen. Was die berühmten Linka-Waren anbetraf, so würde er vermutlich eine große Show bei der Suche nach Lieferquellen abziehen und, nachdem er fündig geworden wäre, auch tatsächlich etwas von dem Zeug kaufen müssen. Die Linka-Gegenstände waren eigentlich nur antike Kunsterzeugnisse einer vergessenen Rasse, die diesen Planeten Äonen zuvor bewohnt hatte. Ihr Name war in Vergessenheit geraten. Ihre Kunsterzeugnisse waren von großem Wert, und selbst wenn neunundneunzig Prozent von dem Trödel Fälschungen waren, nun, so würde es einen Sammler von einer Lichtjahre entfernten Welt trotzdem nicht allzu sehr stören, nicht wahr? Vorausgesetzt, er hatte keine Ahnung davon.

Ryder Hook war ein Mann, der sich geduldig in Geduld geübt hatte.

Sicher, dieser hünenhafte Kraftprotz von einem Burschen setzte sich schon gnadenlos bei seinen Gegnern durch, er war aber auch andererseits imstande, reglos an einem Wasserloch zu sitzen, um auf Beute zu warten.

Hooks besonderes Interesse galt zwei Vorhaben der Projektleute. Eines nannte sich das Gervase-Projekt, und das andere Ryder-Hook-Projekt. Im Augenblick hatte er noch keine Vorstellung, worum es sich dabei handeln könnte. Aber er würde es herausfinden. Das hatte er sich geschworen.

Offensichtlich bestand da ein Zusammenhang mit seiner Vernichtung. Aber er hatte sich inzwischen an die ständige Bedrohung gewöhnt und vertraute auf seinen wachen Sinn.

Alles, was um ihn herum geschah, nahm er scharfsinnig wahr. Als ruhiger Geschäftsmann, der von der Natur mit etwas mehr physischer Kraft bedacht worden war als der Durchschnitt, mischte er sich unters Volk. Er trug einen unauffälligen blauen Overall, bei dem auf modische farbige Streifen an Schultern und Armen verzichtet worden war. Diese Kleidung, die man in Millionen von Welten zu tragen pflegte, würde keinerlei Aufsehen erregen.

Die Fahrt verlief ereignislos.

Seine Gedanken wanderten zu dem Projektmann, den er an Bord seiner *Fire Daisy* gefangen hielt. Selbst wenn dieser sich in Höchstgeschwindigkeit versetzte, das heißt, so beschleunigte, daß alles um ihn herum reglos zu verharren schien, konnte er aus seiner speziell angefertigten Zelle nicht entfliehen, Hook bedauerte keinesfalls, daß die Kraft des gefangenen Novamannes nicht ausreichte, um ihn selbst in den Zustand eines Projektmannes zu versetzen. Für ihn war es ein Experiment gewesen, sich dieser Ausstrahlung über eine längere Zeitspanne hinweg auszusetzen. Einerseits faszinierte ihn das mögliche Ergebnis, andererseits fürchtete er sich auch, er könnte schließlich dem Bösen erliegen und selbst unwiderruflich zu einem Novamann werden.

»Captain!«

Vandas Stimme durchfuhr seinen Kopf. Die IRK-

Schaltkreise in seinem Gehirn fingen ihre Meldung aus der *Fire Daisy* auf. Sie klang erregt. Auch Androiden konnten sich ereifern wie jedes normale menschliche Wesen.

»Was gibt's?«

»Dieser Roman Urugney, Captain. Er hat sich umgebracht. Hat seine Zunge verschluckt.«

Hooks erste Reaktion war ein kerniges: »Verdammter Mist!«

Vanda fuhr fort: »Silber-Sam ist gerade runtergegangen, um ihn herauszuholen, und dann wollen wir . . .«

»*Nein!*«

Mit allem Nachdruck, den ihm die Schaltkreise seines Gehirns ermöglichten, drang Hooks heftige Abwehr durch den Raum bis zu seinem Kutter, wo die süße Vanda, die über keinerlei Erfahrungen im Umgang mit Projektleuten verfügte, im Begriff war . . .

»*Nein!* Rufe Silber-Sam zurück! Jetzt sofort! Sage ihm, er darf den Gefangenen nicht freilassen! *Mach schon! Beeile dich!*«

Sie zögerte keine Sekunde. Hook konnte mit anhören, wie sie dem Roboter über das Bordtelefon neue Anweisungen erteilte. Silber-Sam war zwar ein Roboter, dennoch drückte er seinen Unmut in einem — selbst für Hook verständlichen — Grunzen aus. »Ich habe ja noch gar nicht angefangen, Vanda. Diese Menschen! Ändern ihre Meinung von einer Minute zur anderen!«

»Ist der Gefangene noch in sicherer Verwahrung?«

»Ja.«

Obwohl Hook durchaus Grund dazu gehabt hätte, verzichtete er darauf, sich die dicken Schweißperlen von der Stirn zu wischen.

Sein Pulsschlag verlangsamte sich allmählich wieder.

Bei Dirty Bertie Bashtis stinkender, zerfetzter Unterwäsche! Dieser kritische Vorfall hatte ihn Blut und Wasser schwitzen lassen!

Vanda war vollkommen ahnungslos, was ihn erneut daran erinnerte, daß er sie unbedingt ins Vertrauen ziehen mußte.

»Hör zu, Vanda. Leute wie Urugney sind schwerer zu packen als ein Aal. Sie können perfekt vorgeben, tot zu sein. So, er hat also seine Zunge verschluckt, nun, das ist eine alte und häufige Selbstmordart.«

»Aber, Captain . . .«

»Paß auf! Schließe ihn an alle möglichen Meßgeräte wie EKG, EEG und ähnliches an. Laß ihn dort, selbst wenn er kalt und steif ist wie ein Brett. Wenigstens für die nächsten zwölf Stunden. Wenn die Anzeigen bis dahin auch nur ein kleines bißchen zucken, beweist es, daß dieser Hundesohn noch nicht tot ist!«

»Geht in Ordnung! Dann wirst du also innerhalb der nächsten zwölf Stunden nicht zurück sein.« Er konnte sich ihren enttäuschten Blick förmlich vorstellen. Eine schmollende Schönheit, die nur auf ihn allein wartete. Sie war eine Augenweide, mehr als nur eine ausgetüftelte Maschine. »Ich hatte nur gehofft, wir könnten . . .«

»Hör zu! Wenn nach etwa zwölf Stunden die Anzeigen immer noch reglos bleiben, kannst du davon ausgehen, daß er tot ist. In dem Falle ist er für uns von keinerlei Nutzen mehr und . . .«

»Ich kann ihn von Bord werfen . . .«

»Sachte, sachte, Weib! Bevor du auch nur einen Riegel an der Spezialzelle öffnest, nimmst du ein Gewehr und pustest ihn in kleine Stücke. Leiste ganze Arbeit! Geht *absolut* auf Nummer sicher, bevor ihr ihn herausläßt. *Ist das klar?*«

Sein Tonfall setzte Vanda arg zu. Sie schluchzte leise.

»Absolut klar, Captain!«

»Sieh mal, Vanda. Es ist nicht dein Fehler. Es geht nur darum, daß er und seine Spießgesellen Dinge zu tun imstande sind, die dir nicht einmal im Traum einfallen.«

»Als er noch bei Bewußtsein war, schien er sich . . . ja, er bewegte sich irgendwie ruckartig. Verändert von einer Sekunde zur anderen seinen Standort.«

Hook atmete tief durch.

Dieser Eindruck entstand, wenn sich der Novamann in Höchstgeschwindigkeit versetzte und auszubrechen versuchte. Vanda kam es dann so vor, als befände er sich, scheinbar ohne sich bewegt zu haben, plötzlich an einer anderen Stelle. Hook fragte sich, ob er besser selbst zur *Fire Daisy* zurückkehren sollte. Dann jedoch zwang er sich, sein Ziel weiter zu verfolgen.

»Schließe jedes Risiko aus und versichere dich unter allen Umständen, daß er auch wirklich tot ist, dann erst wirf ihn von Bord, Vanda. Ich glaube nicht, daß er über die aus der Antike bekannten Fähigkeiten verfügt, sich aus Einzelteilen wieder selbst zusammenzusetzen.«

»Ich habe darüber gelesen. Isis . . .«

»Schon gut. Geh jetzt und überprüfe, ob Urugney sich immer noch unverändert in seiner Zelle befindet.«

»In Ordnung, Captain!«

Nachdem er den Kontakt abgebrochen hatte, fragte sich Hook, ob er vielleicht zu barsch gewesen sei. Aber die schlimmsten Befürchtungen veranlaßten ihn zu dieser heftigen Reaktion. Hätte der Projektmann seinen Tod nur vorgetäuscht und wäre dann freigelassen worden, so hätte er sich umgehend in Höchstgeschwindigkeit versetzen, Vanda vernichten, die Roboter seinem Kommando unterstellen und schließlich Besitz vom

Kutter ergreifen können, um mit ihm in Windeseile zu verschwinden . . .

Der Gedanke an einen Projektmann, der an Bord seiner *Fire Daisy* in Höchstgeschwindigkeit ungehindert schalten und walten konnte, sandte Hook eisige Schauer den Rücken hinunter.

Er mußte Vanda jetzt unbedingt einweihen. Allerdings war er inzwischen so sehr daran gewöhnt, seinen eigenen Ein-Mann-Feldzug gegen die Novaleute zu führen, daß der Gedanke an eine mögliche Unterstützung ihm nur schwer ins Bewußtsein drang.

Nachdem ihn der Zubringerbus am Terminal abgesetzt und Hook seinen Koffer an sich genommen hatte, machte er sich sofort daran, ein entsprechendes Image aufzubauen. Als Kaufmann würde er sich in einem respektablen Hotel einquartieren müssen. Nun, das wäre sicher kein großes Problem. Man hatte ihn in diese Welt einreisen lassen, und er verfügte über einen Passierschein, also war alles bestens in Ordnung.

Das Hotel ›Zum Goldenen Schwan‹ nahm ihn ohne weiteres auf. Er erfrischte sich in seinem Zimmer und ging dann in die Bar hinunter.

Der Roboter hinter dem Tresen wußte nichts von Linka-Gegenständen.

Das beunruhigte Hook nicht weiter. Er hatte die entsprechenden Worte fallen lassen und so die richtige Atmosphäre geschaffen. Dessen war er sich in dem Augenblick vollkommen sicher, als ein Homo mal, sein Röhrenohr zwischen Daumen und Zeigefinger zwirbelnd, mit dem Ausdruck tiefer Betroffenheit auf seinem fremdartigen Gesicht, zu ihm herüber kam und neben ihm Platz nahm.

»Du suchst Linkas, Bruder?« Der Mann schüttelte

zweifelnd den Kopf. »Schwer dranzukommen heutzutage. Ich könnte dir trotzdem einen Wink in die richtige Richtung geben. Allerdings muß der Preis stimmen!«

Normalerweise würde sich Hook mit einem solchen Gewäsch gar nicht erst auseinandersetzen. Obwohl er nicht die Absicht hatte, in Sachen Linka-Waren mehr zu unternehmen, beschloß er, daß es doch vielleicht sinnvoll wäre, diesen Mal ein wenig auszuhorchen. Möglicherweise käme etwas Interessantes dabei heraus. Es schien nicht so, als würde das eine teure Angelegenheit werden. Die Kleidung des Homo mal war auffällig und billig, seine Plastikmanschetten arg abgewetzt. Sollte sich der Bursche bereiterklären, herumzurennen, um für Hook Linka-Gegenstände aufzutreiben, könnte dieser in aller Ruhe seinem eigentlichen Vorhaben nachkommen, Ladio, die Kontaktperson des Novamannes, ausfindig zu machen.

»Woher wissen Sie so gut Bescheid?«

Hook hatte diese Worte sehr freundlich gesprochen, aber die Frage schien auf den Homo mal wie ein Faustschlag in den Magen zu wirken.

Kerzengerade setzte er sich auf, bebte förmlich vor Entrüstung. Auch meinte Hook, der ihn aufmerksam beobachtete, eine gewisse Furcht erkennen zu können.

»Meine Angelegenheit, Bruder!«

»Ist ja schon in Ordnung. Name?«

»Rendik. Ich kenne alle Quellen und könnte auch einen Rabatt rausschlagen, wenn . . .«

»Wenn der Preis stimmt. Schon verstanden!«

»Willste nun Linkas oder nicht, Bruder?«

»Sie beschaffen mir welche von den Gegenständen, und der Preis wird dann schon angemessen sein.«

Hook fragte sich, wie viele Einfaltspinsel Rendik in

dieser Bar bereits hereingelegt haben mochte. Eine ganze Menge, vermutete er.

»Das ist ein Wort. Darauf müssen wir trinken!«

Dieser Mal Rendik hatte sich überhaupt nicht nach Hooks Namen erkundigt. Zweifellos wußte er durch den Roboter an der Rezeption Bescheid, daß der Typ, der sich für Linka-Gegenstände interessierte, Arbit Kasdun hieß. Ebenso hatte er sicher ohne jeden Zweifel mit Befriedigung davon Kenntnis genommen, daß Kasdun mit Metallgeld bezahlte.

Der Barkeeper-Roboter servierte dem Mal eine Wodkatroika, während sich Hook mit einem Orangebier begnügte.

Er hob sein Glas, nickte kurz und stürzte die Hälfte des Getränks mit einem Zug hinunter. Als Hook den bitteren Nachgeschmack bemerkte, war es zu spät, um noch etwas unternehmen zu können.

Er versuchte aufzustehen.

Er konnte sich nicht mehr rühren.

Doch zu hören und sehen vermochte er absolut klar und deutlich. Ansonsten war er paralysiert. Wie ein Steinklumpen hockte Hook auf seinem Platz.

Rendik meinte fast sanft: »So ist schön!« Dann hob er die Stimme und rief: »Alles in Ordnung! Ihr könnt ihn holen!«

Drei Männer in dunkler Kleidung und mit verbogenen Visagen kamen herein, hoben Hook auf und trugen ihn in die fremde Nacht hinaus.

2. Kapitel

Im Laufe seines ausschweifenden Lebens zwischen den Sternen hatte Ryder Hook schon so manches Gefängnis von innen gesehen. Dieses Zentralgefängnis von Leontini stellte eines der ausbruchsichersten Anlagen dar, denen er je begegnet war. Den Gepflogenheiten innerhalb der Mauern kam man streng und unpersönlich nach. Abweichungen von den Vorschriften wurden nicht erlaubt. Ihm waren nur noch seine Stiefel geblieben.

Man hatte ihn, mit dem Gesicht nach unten, in der Gosse liegend vorgefunden. Alles, was er besaß, war ihm gestohlen worden, nur einen Kater von furchterregendem Ausmaß hatte er zurückbehalten. Seine Stiefel konnten den Dieben Widerstand leisten.

Hook hatte einen zwar fadenscheinigen und abgetragenen, aber dennoch sauberen Overall erhalten. Wie abgesichert ein Gefängnis auch sein mochte, solange Hook seine berühmten alten schwarzen Stiefel trug, gab er die Hoffnung auf eine mögliche Flucht nicht auf. Allerdings würde er auch ohne Stiefel einen Ausbruchversuch starten. Sie vereinfachten ein solches Unternehmen nur erheblich. Eines Tages, sinnierte er trübe, würde er mal ohne seine Stiefel in einer teuflischen Situation landen.

Auch dann würde er niemals die Hoffnung aufgeben.

Auf ihre Frage, wer er sei, hatte er ihnen mitgeteilt, er wäre Arbit Kasdun, und darauf bestanden, daß sie dieses in seinem Hotel überprüfen sollten. Die Angestellten und Roboter im Goldenen Schwan sagten, sie hätten niemals von einem Arbit Kasdun gehört.

Danach lehnten die Gefängnisbehörden jegliche weiteren Nachforschungen ab. Er war auf ihrem Planeten ein Außenweltler, und denen waren sie nicht freundlich gesonnen.

Er würde seine Zeit abdienen müssen, um schließlich forttransportiert zu werden, wobei er seine Passage wahrscheinlich durch Arbeit auf einem finsteren Weltraumvehikel finanzieren müßte.

Und das behagte einem Ryder Hook in keiner Weise.

Nachdem sich der Aufruhr gelegt hatte, stopften sie ihn in ein dunkles Loch ohne Tageslicht und ließen ihn dort einen Monat lang bei Wasser und Brot verrotten.

Als man ihn schließlich herausholte, streckte er blinzelnd seine Muskeln.

»Wenn du weiterhin Schwierigkeiten machst, Kasdun, werden wir schärfere Maßnahmen ergreifen müssen. Verstanden?«

»Jawohl«, entgegnete Hook. »Verstanden!«

Das änderte natürlich nichts an seiner Entschlossenheit, bei der ersten sich bietenden Gelegenheit die Flucht zu ergreifen.

Er hatte die Nase voll von diesen stinkenden Gefängnissen.

Eines sonnigen Morgens taumelten die Gefangenen aus ihren finsteren Zellen, um sich im Gefängnishof zur Inspizierung aufzustellen. Es war ein klappriger Haufen, den eine Aura von Verwesung, Verfall, Aggression und Schlechtigkeit umgab. Diesen Leuten hätte man nachts in einer dunklen Seitenstraße tunlichst aus dem Weg gehen sollen.

Ein verschwitzter, mit vor Stolz geschwellter Brust in seiner Uniform steckender Gefängniswärter trat vor, und sofort herrschte Schweigen.

Er las Namen von der Digital-Anzeige seines Armbandterminals ab, wobei er jedesmal erneut den Impulsgeber drückte. Zehn Namen erklangen, und zehn Männer stellten sich auf. Der Beamte betätigte nochmals den Impulsgeber, benetzte die Lippen und rief aus: »Arbit Kasdun!«

Hook setzte sich in Bewegung.

Die restlichen Gefangenen wurden in ihre Zellen zurückgeschickt, und die elf Ausgewählten marschierten zum Büro des Gefängnisdirektors. Sie warteten in einem kahlen, blank polierten Vorraum, in dem eine einsame Topfpflanze ein armseliges Dasein fristete, bis der Direktor eintrat. Er war beleibt und aufgedunsen, sah dabei beunruhigt aus.

An seiner Seite schritt ein Mann, der umgehend Hooks Aufmerksamkeit auf sich lenkte. Der Bursche war ein Krifmann.

Nun hielten sich Krifmänner selbst für die Besten der Galaxis. Sie waren rauh, zäh, rücksichtslos und zu allem fähig. Wenn es irgend etwas im Mahlstrom der Sterne zu tun gab, so meinten sie, ein Krifmann sei dazu besser als jeder andere imstande. Daran glaubten sie tatsächlich.

Hook war schon oft gezwungen gewesen, sich mit Krifmännern auseinanderzusetzen. Wenn nötig, könnte man auch diesen Burschen in seine Schranken verweisen.

»Achtung! Alles mal herhören!«

Die elf Gefangenen standen mehr oder weniger stramm, und der Krifmann warf ihnen einen finsteren Blick zu. Er trug Handschuhe und steckte die Daumen hinter seinen schwarzen Gürtel, während die Finger sich über seinen in den Holstern steckenden Energiepistolen ausbreiteten. Sein massiges, kantiges Gesicht hätte wunderbar als Türstopper der Eingangspforte dieses Gefängnisses dienen können. Seine schwarzen, plastikledernen Stiefel schimmerten matt im Lampenschein. Er war sich seiner eindrucksvollen Erscheinung vollauf bewußt.

»Alles zuhören! Ich bin Major Drargan. Ihr nennt mich Sir und sprecht nur, wenn ihr dazu aufgefordert werdet. Ich habe einen Job für euch. Bringt eure Habseligkeiten an Bord meines Schiffes. Die Wärter werden aufpassen, daß ihr dort sicher ankommt!«

Sein Blick verfinsterte sich noch mehr.

»Nur eine Regelwidrigkeit eurerseits, und ihr seid wieder hier, bevor ihr noch klar denken könnt.« Er hob eine seiner schwarzumhüllten Hände und entließ sie mit theatralischer Geste. »Das heißt, wenn ihr dann noch lebt.«

Als Hook das Gefängnis verließ, kam ihm der darin herrschende Gestank in übelkeiterregendem Ausmaße erst richtig zu Bewußtsein. Auf dem Weg zum Raumhafen füllte er seine Lungen mit frischer Luft.

Jetzt konnte er vielleicht herausfinden, warum Vanda seine Rufe nicht beantwortet hatte. Nachdem ihm von ihr mitgeteilt worden war, der Projektmann sei wirklich tot, daraufhin zusammengeschossen und stückweise dem weiten Raum überlassen worden, konnte Hook keine Verbindung mehr mit ihr herstellen.

Irgend etwas mußte passiert sein. Er hatte großes Vertrauen zu dem Androiden. Jetzt blieb ihm nur noch, die nächstmögliche Fluchtgelegenheit zu ergreifen, um herauszufinden, was vorgefallen war.

Der Aufstieg von der planetarischen Oberfläche zur Satelliten-Raumstation verlief streng nach Vorschrift.

Major Drargans Männer waren zwar nicht so dominierend wie er selbst, deshalb aber nicht weniger kampflustig. Sie schwenkten ihre Rohrstöcke und schienen entschlossen, diese auch ohne Zögern einzusetzen.

In der Raumstation wurden die Gefangenen zum Liegeplatz von Drargans Schiff geführt, während die anderen Reisenden mißtrauisch zurückwichen. Der Trupp zerlumpter Männer hatte viel Platz zur Verfügung. Zweifellos waren einige der aufrechten Bürger darüber indigniert, Zeuge einer solchen Szene sein zu müssen.

Der Korridor, der zum Liegeplatz Nummer zwölf führte, war gut beleuchtet und hygienisch sauber. Die Wärter ließen ihre Schlagstöcke auf die Gefangenen heruntersausen, trieben sie voran.

Als sie gerade um eine Ecke in den Korridor hineingingen, gefiel es einem der Wärter, wie es so ihre Gewohnheit war, Hook zu schlagen.

Hook fing den Stock mit seiner linken Hand auf und zog ihn unvermittelt zurück. Dann drehte er ihn ganz plötzlich herum, und der Wärter starrte auf das Ende des Stockes, das seine Nase hochdrückte. Er schielte förmlich darauf.

»Grundlos schlägst du mich nicht mehr, Gonil, oder ich zertrümmere deinen Schädel.«

Der Wärter stieß gurgelnde Laute aus. Eine Hand fiel auf Hooks Schulter. Ohne nachzudenken streifte er sie ab, schwang herum, und der Stock folgte seiner Bewegung.

Major Drargan stand mit verzerrtem Gesicht vor ihm.

»Du Syphilitiker!« schrie der Major. »Ich werde . . .«

Seine Hand sank auf eine der im Holster befindlichen Pistolen hinab.

»Wenn Sie die zu ziehen versuchen, Major, breche ich Ihren Arm!«

Der Krifmann hielt inne, warf den kantigen Kopf nach vorne. Krifleute waren für Homo sapiens zwar fremdartige Wesen, aber dennoch konnten auch diese Männer Gefühle deuten und die Motive anderer verstehen. Dieser Major Drargan las in Hooks Augen, daß er es verdammt ernst meinte.

Ein anderer Wärter kam schreiend angerannt, den Schlagstock über seinem Kopf schwingend.

Hook wirbelte herum, schlug dem Burschen seinen Stock ins Genick und hatte sich Drargan bereits wieder zugewandt, bevor der Wärter zu Boden fiel.

Hook befand sich zwar nicht in Höchstgeschwindigkeit, konnte sich aber dennoch schneller bewegen als jeder normale Mann. Drargan ließ seine Hand auf dem Pistolenknauf ruhen. Er beobachtete Hook inzwischen mit offensichtlicher Neugier.

»Ist dir klar, daß dies Konsequenzen haben wird?«

»Nicht der Rede wert. Ich liebe es nun mal nicht, mich einem Befehlshaber zu unterstellen, der mit seinen eigenen Leuten nicht fertig wird.«

»Du wirst bestraft werden. Kasdun heißt du doch, richtig? Ja! Typen wie dich kenne ich zur Genüge. Aber dir wird noch sehr schnell klar, daß ich härter und zäher bin als du, viel härter und zäher, als du es dir nur vorstellen kannst.«

»Völlig unwichtig. Sie sollten Ihren verblödeten Wärtern lieber einbleuen, die Stöcke bei sich zu behalten!«

»Sieh mal!« stieß Drargan hervor.

Ganz langsam hob er seinen rechten Arm. Die Hand war ausgestreckt. Sehr wohl wissend, was das alles zu bedeuten hatte, sah Hook ihm zu.

»Kapiert?«

Drargan zeigte ihm seine kleine Disgel-Waffe, die

chirurgisch in seinen rechten Unterarm implantiert worden war und schon durch das Spiel der Muskeln umgehend abgefeuert werden konnte. Die Mündung ragte deutlich hervor.

»Das ist eine Delling, Kasdun. Ich hätte dich jederzeit zerschmelzen können.«

»Ich weiß!« Hook schenkte es sich, Drargan seinen linken Unterarm zu zeigen, an den sich die Darker eines Projektmannes schmiegte. Noch war er handlungsunfähig, denn die Gefängniswärter hatten ihm das Gelmix-Magazin abgenommen.

»Daran kannst du erkennen, Kasdun, daß ich noch etwas mit dir vorhabe.«

Hook antwortete nicht. Er drehte den Stock herum und händigte ihn dem immer noch benommenen Wärter aus.

»Gut!« Drargan hatte sich wieder unter Kontrolle. »Jetzt hilf Harmon auf. Sein Genick wird ihm schmerzen, paß besser auf, wenn er wieder munter wird!«

Mit finster heruntergezogenen Augenbrauen warf Hook Drargan einen bösen Blick zu. Sein Mund verzerrte sich zu einem schmalen, bitteren Strich.

»Ich weiß nicht, was das alles soll, Major.« Hook bewegte kaum die Lippen, stieß die Worte nur scharf hervor. »Ich würde Ihren Befehlen wesentlich williger folgen, wenn Sie Ihre Idiotentruppe besser unter Kontrolle hätten.«

»Du wirst so gehorchen, Kasdun, und zwar gerne!«

Hook verzichtete darauf, dieses Thema fortzusetzen. Er wußte, er war töricht gewesen. Schlimmer noch als töricht, geradezu dämlich!

Jetzt würde er vermutlich den Preis dafür zahlen müssen.

Dennoch hatten ihn die himmelschreiend beschränkten Wachen und der Stockschlag auf seinen Schultern bis aufs Blut gereizt. Schließlich war er ja Ryder Hook, mit all den Hookschen Schwächen und Fehlern. Ein Heiligenschein drückte diesen Abenteurer zwischen den Sternen gewiß nicht.

Zusammen mit Kisten und Plastikbehältern, die sie sich auf die Schultern laden mußten, wurden die elf Gefangenen durch die Luftschleuse zum Frachtraum befördert. In dem Augenblick, als Hook die Schleuse betrat, erkannte er, daß es sich nicht um ein Kriegsschiff, sondern statt dessen um einen verrotteten alten Frachter handelte.

Nachdem sie die Kisten und Behälter verstaut hatten, erschien Drargan. Er hatte inzwischen eine Gerte bei sich, ein häßliches kleines Lederding, das er mit einer Schlaufe am Handgelenk trug. Damit schlug er von Zeit zu Zeit gegen seine Stiefel. Er trug braune Stiefel, bemerkte Hook und schloß daraus, daß Drargan damit einen bestimmten Effekt erzielen wollte. So wünschte er gesehen zu werden. Hook verbarg seine Belustigung. Er mußte vorsichtig sein, denn im Augenblick hielt dieser Mann alle Trümpfe in der Hand.

»Ihr verschwindet unten im Maschinenraum. Sollte einer von euch verrückt spielen, wird er von mir bestraft, bevor ich ihn ins Gefängnis zurückschicke.«

Auf dem Weg in ihre Quartiere ging es Hook durch den Kopf, daß das einzig Interessante an dieser mißlichen Situation die Frage war, was dieser hartgesottene Drargan und seine Helfershelfer mit einer schäbigen Schar Gefangener wollte?

Die Kojen waren zwar hart, aber Hook hatte bereits in schlechteren geschlafen. Er zog sich seinen schäbigen

Overall gar nicht erst aus, sondern warf sich angezogen auf sein Lager, legte die Hände hinter den Kopf und starrte nach oben. Flackernd erloschen die Lampen. Alles lag in finsterer Dunkelheit.

Hook war überhaupt nicht müde, denn der Tag hatte kaum seine Mitte überschritten. Zweifellos sollten sie sich der Schiffszeit anpassen.

Seine Gedanken beschäftigten sich sorgenvoll mit dem möglichen Verbleib von Vanda. Wenn sie in Schwierigkeiten wäre, hätte sie ihn doch rufen können. Aber angenommen, diese Schwierigkeiten hinderten sie daran, mit ihm in Kontakt zu treten?

Er strengte die IRK-Schaltkreise in seinem Gehirn an und schickte seinen Ruf aus. Weder Vanda noch die *Fire Daisy* meldeten sich.

Das Knirschen von Metall auf Metall alarmierte ihn. Die Tür zum Quartier öffnete sich, und der ovale Kegel einer Taschenlampe wanderte umher. Massige Gestalten drängten sich in die Türfüllung. Eine verhaltene Stimme äußerte Befriedigung.

»Hier ist der Gonil!«

Der Geruch nach Maschinenöl, ranzigem Essen und billigem Alkohol hüllte diese Männer ein.

Hook wußte genau, was vor sich ging und was diese Wachposten als nächstes erwarteten.

Seufzend setzte er sich auf.

Es hatte ihnen nicht gefallen, wie er mit ihren beiden Kollegen umgesprungen war, und jetzt kamen sie, um ihm eine Lektion zu erteilen. Sie würden dafür Gummiknüppel verwenden, die keinerlei Spuren hinterließen.

Hook schwang die Beine aus dem Bett, und so sehr er es auch verabscheuen mochte, so würde er ihnen doch eine Lektion erteilen müssen.

3. Kapitel

Diese vier Raufbolde wollten ihren widerspenstigen Gefangenen scheinbar nicht in der Nähe der anderen zusammenschlagen, so ließ sich Hook willig in einen Raum weiter unten im Schiff bringen. Der Frachter hatte sich inzwischen auf den Weg gemacht und strebte dem von Major Drargan ausersehenen Ziel entgegen. Die Stickigkeit dieses Schiffes mit seinen metallenen Schotten und Planken, die vereinzelten Lichtquellen mit ihren verzerrten Schatten, die schwüle Hitze, der Maschinengestank und die vibrierende statische Elektrizität konnte einem schon ganz schön auf die Nerven gehen.

Sofern man zu den nervenschwachen Typen gehörte, konnte die Tatsache, mit vier bulligen, kampflustigen Rowdys in einem Raumschiff eingeschlossen zu sein, jedes Gefängnis in den Schatten stellen.

Sie stießen Hook in einen Raum mit Metallwänden, in dem fluoreszierendes Licht eine unangenehme Beleuchtung bot. Säcke lagen an einer Seite des staubigen Bodens.

»So, du Syphilitiker. Jetzt werden wir dir beibringen, was es heißt, einen von uns zu schlagen!«

»Jawohl«, meldete sich Harmon zu Wort. »Du wirst noch den Tag deiner Geburt verfluchen!«

Der dritte Wärter ließ nur den Gummiknüppel in seine geöffnete Handfläche klatschen. Es gab ein sattes Geräusch.

Das dritte Mitglied dieses Horrorquartetts griff wortlos nach Hook, um ihn zu Boden zu werfen.

Hook schätzte diese Typen als Männer ein, denen es

richtig Spaß machte, als einen Teil ihres Tagewerkes Schmerzen zu bereiten. Sie stellten die Kakerlaken der Zivilisation dar. Früher hatte Hook mit solchen Leuten kurzen Prozeß gemacht, und seit dem Verlassen der *Fire Daisy* verspürte er einen unterdrückten Zorn, den er sich selbst nicht erklären konnte. Nichtsdestotrotz entdeckte er jetzt plötzlich an sich ein Zögern, mit diesem Geschmeiß abzurechnen, und das verwirrte ihn völlig.

Dieses Zaudern gab ihnen Zeit, Hook zu Boden zu werfen. Sobald er dort ausgestreckt lag, begannen sie, ihn zu schlagen.

Die ersten vier Schläge reichten ihm völlig.

Bei Dirty Bertie Bashtis radioaktiv verseuchten Slips! Ein Schlag reichte wirklich, danke schön!

Hook rappelte sich auf, stieß einen Gummiknüppel beiseite und versetzte dem nächsten Angreifer einen Kinnhaken. Der dritte erhielt einen Tritt dort hin, wo es am meisten schmerzt, und indem sich Hook abrupt nach vorne warf, rammte er dem letzten seinen Ellenbogen ins Gedärm. Sich windend wie ein Aal, wich Hook dem zweiten Schlag des ersten Raufboldes aus und schob diesem dabei fast die eigenen Zähne in den Rachen.

Diese Kerle waren zäh. Sie mischten munter mit, schienen plötzlich zu bemerken, daß sein Widerstand ihnen wesentlich mehr Unterhaltung bot, als einen Wehrlosen in das Land der Träume zu schicken.

Hooks merkwürdiges Zögern würde er mit derselben Rücksichtslosigkeit beiseite schieben müssen, mit der er sich gewöhnlich jedes anderen Hindernisses entledigte. Er mußte diese Kerle richtig zusammenschlagen, damit sie nicht mehr aufstehen und sich erneut auf ihn stürzen konnten. Es hatte keinen Zweck, sanft mit ihnen umzugehen. Sie mußten außer Gefecht gesetzt werden.

Ihre Übermacht von nur vier zu eins räumte den Wärtern keine Chance ein.

Hook machte sich ans Werk.

Ein Stiefel in den Magen, ein seitlicher Handkantenschlag, ein Kinnhaken, zwei spitze Finger in Nasenlöcher gerammt, und die vier sanken in sich zusammen. Bevor sie dann noch Lärm machen konnten, verpaßte Hook jedem einen weiteren Schlag, der wie eine Holzhammer-Narkose wirkte.

Die vier Rowdys lagen am Boden verteilt.

Sorgsam strich sich Hook über den Overall und zupfte ihn anschließend zurecht. Er blickte auf die vier verkrümmten Körper hinunter.

Er war realistisch genug zu wissen, daß dieses nicht das Ende der Angelegenheit bedeutete.

Bevor er den Raum verließ, arrangierte er noch, nach typischer Ryder-Hook-Manier, eines seiner kleinen Gruppenbilder.

Jeder der Männer trug hinten am Gürtel ein Paar Handschellen. Hook band die vier an Handgelenken und Knöcheln zusammen, so daß sie wie ein Jungfernkranz miteinander verknüpft waren.

Er schaltete das Licht aus und schloß die Tür hinter sich, wobei er auch den Verschlußhebel nicht umzulegen vergaß.

Dann machte er sich auf den Weg. Seine Begeisterung hielt sich absolut in Grenzen.

Sein erster Gedanke war, einfach in seine Koje zurückzukehren, sich darin auszustrecken und zu versuchen, sich seines unguten Gefühls zu entledigen. Allerdings zweifelte er daran, sich überhaupt richtig entspannen zu können. Vielleicht könnte er einige Techniken anwenden, die er, verstärkt durch das, was er bei dem gefangenen Novamann gelernt hatte, gerade praktiziert hatte.

Während ihm dieses im Kopf herumging, war er fast schon bei seinem Quartier angelangt. Bei jedem Schritt, den er den Korridor entlang ging, spürte er das Dröhnen und Vibrieren des ihn umgebenden Raumschiffes. Hook ging an der Tür zu seinem Quartier vorbei.

Er mußte den Schweinehund Drargan aufsuchen und die Sache jetzt sofort beenden — ja, beschloß Hook, das war genau richtig.

Keiner der Wachposten hatte eine Delling bei sich getragen, daher konnte Hook auch nicht seine eigene Darker auffüllen. Vielleicht war das gar nicht so schlecht. Er konnte sich nicht vorstellen, daß Drargan einem Gefangenen erlauben würde, bewaffnet zu sein, und wenn das Disgel-Magazin erst einmal in der Darker war, würde sich Hook nur schwer davon trennen.

Hook wußte nicht, wie der Frachter hieß. Die Korridore waren verhältnismäßig sauber und die Armaturen gaben nach sorgfältigem Polieren einen matten Schimmer von sich. Er konnte niemanden sehen.

Vielleicht war Drargan nur eine Marionette. Der Bursche mußte irgendeine offizielle Beziehung zur Regierung von Leontini haben, denn sonst wäre es kaum denkbar, daß man ihm eine Anzahl Gefangener überließ.

Hook war sich der an der Randleiste des Korridors angebrachten Überwachungskameras vollauf bewußt. Er ignorierte sie und unternahm gar nicht erst den Versuch, sie durch seine IRK-Schaltkreise lahmzulegen. Wenn Drargan auf diese Weise erfuhr, daß ein Gefangener zu ihm unterwegs war, nun, welchen Unterschied machte das aus?

Er widerstand der Verlockung, den Kameras zuzuwinken und sich in die Richtung zu verbeugen, sondern ging statt dessen weder überhastet, noch zu langsam, wirklich ganz ruhig weiter.

Hook legte dieses Verhalten an den Tag, um Drargan zu beruhigen, daß es sich bei ihm nicht um einen verzweifelten Flüchtling handelte, der mit aller Gewalt das Schiff zu übernehmen beabsichtigte. Daß Hook dieses wenn nötig tun würde, stand nicht zur Debatte.

Er wollte einfach nur vermeiden, daß der Major ihn in dem Moment, wenn er seine Nase in den Kontrollraum steckte, sofort zerschmelzen oder wegpusten würde.

Während Hook diese Gedanken durch den Kopf gingen, achtete er tunlichst darauf, daß sie sich nicht auf seinem Gesicht widerspiegelten. Seine finsteren Züge konnten jeden erschrecken, der sich ihm zuwandte.

Hook hatte einzig und allein vor, mit Drargan ein nettes, ruhiges Wort zu plaudern, sich nach Einzelheiten zu erkundigen und herauszufinden, was eigentlich vorging.

Wenn sich ein Profit herausschlagen ließe, hielt Hook eine mögliche Beteiligung für denkbar.

Mit quietschender Laufkette tauchte ein Roboter aus einem Seitenkorridor auf. Die große, verzierte Tür hinter ihm mußte direkt zur Brücke und in den Kontrollbereich führen.

»Sie dürfen sich hier nicht aufhalten!« schnarrte der Roboter. Er wedelte mit einem Fühlarm, um Hook beiseite zu schieben. »Sperrgebiet. Verboten für alle niedrigen Dienstgrade.«

»Ist schon in Ordnung, Blechmann«, beruhigte ihn Hook. »Ich bin auf dem Weg zu Major Drargan.«

»Ich glaube kaum, daß das möglich sein wird . . . Sir!«

Hook entging nicht das zaghafte ›Sir‹, das ihm am Ende noch herausgerutscht war und eine gewisse Verunsicherung des Roboters verriet.

»Sicher ist es möglich, Blechmann. Geh besser gleich zur Seite, bevor noch etwas Unerfreuliches passiert!«

Wenn ein metallener Mechanismus überhaupt aufbrausen konnte, ging dieser Roboter geradezu raketengleich hoch.

»Sie sind nicht auf meiner Liste der Personen, die diesen Punkt überschreiten dürfen, enthalten und . . .«

»Halt die Luft an, Blechmann! Dein Programm ist aus dem Rhythmus geraten! Ich bin hier, um mit Drargan zu reden, also geh beiseite!«

Der Roboter wollte natürlich nicht klein beigeben. Hook wußte das. In der eigenartigen Weise, wie Roboter mit Menschen umzugehen pflegten, holte der metallene Fühlarm aus. Hook ergriff ihn in dem Moment, als er vorbeisauste, und begann, den Roboter zu sich herüberzuzerren.

Über den Lautsprecher ertönte eine barsche Stimme.

»Das reicht jetzt! Acht Vier, laß den Menschen durch!«

Acht Vier stand in großen schwarzen, mit gelber Farbe umrandeten Buchstaben auf dem Rücken des Roboters. Dieselben Nummern waren auf Schädel und Schultern vermerkt.

»Sofort, Major!«

Acht Vier machte den Weg frei. Hook ließ den Fühlarm los.

»Keine Feindseligkeiten, Blechmann. Beim nächsten Mal haut dein Programm besser hin, klar?«

»Jawohl, Sir!«

Hook schlenderte unbekümmert an ihm vorbei, und die verzierte Tür glitt zur Seite.

Der Kontrollbereich sah aus, wie eben der Kontrollbereich eines Frachters aussieht. Hook war keineswegs beeindruckt. Major Drargan thronte in seinem Sessel auf der Brücke. Abgesehen von einem Roboter an der Flugsteuerung, befand sich kein anderer in diesem Bereich.

Drargans eisige Stimme klang unheilverkündend auf.

»Kasdun, du scheinst fest entschlossen, in dein Verhängnis zu laufen!«

Das klang nach einer reichlich abgedroschenen Phrase.

Hook ließ sich nicht einschüchtern, sondern behielt seine lockere Art bei. Nur so würde er sich dem Krifmann bis zur Reichweite seines Arms nähern können.

»Die Sehnsucht nach meinem Verhängnis hält sich noch in Grenzen, Drargan!«

»Nenn mich gefälligst Major!«

Das also hatte den Burschen geärgert. Interessant! Er war ein Krifmann und unterlag demzufolge denselben Schwächen und Unzulänglichkeiten wie alle Krifmänner zwischen den Sternen. Sein Selbstwertgefühl nahm dabei den höchsten Stellenwert für ihn ein.

»Ich sagte Ihnen bereits, daß ich keinen Wert darauf lege, unter einem Typen zu dienen, der nicht einmal seine eigenen Truppen im Zaume halten kann. Sie pflegen sich Major zu nennen, meiner Meinung nach ist das aber etliche Dienstgrade zu hoch.«

Drargan öffnete seinen riesigen Mund, schloß ihn jedoch gleich wieder. Seine Finger zitterten. Hook behielt sein rechtes Handgelenk im Auge, beobachtete es mit äußerster Aufmerksamkeit.

Der Krifmann wechselte das Thema.

»Warum hast du dein Quartier verlassen?«

»Um Sie zu sehen. Es gibt Dinge zu regeln.«

»Ich kommandiere diese Mannschaft, Kasdun. Das scheinst du vergessen zu haben.«

Jetzt wußte Hook sicher, daß der Krifmann beeindruckt war. Unter normalen Umständen hätte er seine Wachposten gerufen oder mit ihm auf seine eigene unangenehme Art abgerechnet. Ihm war offensichtlich klar geworden, daß es sich bei Hook nicht um einen gewöhnlichen, miesen Sträfling handelte. Insofern hatte sich die Situation verändert.

Hook ging auf ihn zu. »Wenn Sie und Ihre Rowdys so weitermachen wie bisher, haben Sie es nicht verdient, zwischen den Sternen überhaupt irgendein Unternehmen zu leiten.«

Drargan schluckte es. Die rechte Hand ruhte auf seinem Knie. Hook wußte, daß er jeden Augenblick seine Delling abfeuern konnte. Er kam noch näher heran.

»Du bildest dir scheinbar ein, besondere Aufmerksamkeit zu verdienen, Kasdun. Ich versichere dir jedoch, du machst da einen großen Fehler. Ich kann . . .«

»Nun halt mal die Luft an, Drargan! Ich weiß zwar noch nicht, welche Art Schiebung hier vor sich geht, aber Sie sind, mit Ausnahme einiger Roboter und einer Gruppe träger, sadistischer Wachposten, ganz auf sich allein gestellt. Mir scheint, hier fehlt ein vernünftiger Plan. Vielleicht sollten Sie jede Hilfe, die sich Ihnen anbietet, beim Schopfe packen!«

Wieder öffnete der Krifmann seinen grausamen Mund, schloß ihn jedoch gleich wieder und schien seine Antwort überdenken zu wollen.

»Wie könntest du mir schon helfen, Gonil?«

»Jemanden, der Hilfe anbietet, zu beleidigen, ist äußerst unklug, Gonil.«

Drargans rechter Unterarm hob sich. Hook ließ sich fallen, stieß dabei den Arm zur Seite, und das Disgel verteilte sich wirkungslos am Boden. Mit der einen Hand krallte sich Hook an der Gurgel des Mannes fest, während er mit der anderen zum Schlage ausholte. Drargan taumelte zurück. Hook hielt ihn jedoch fest im Griff und starrte in die Augen des Krifmannes.

»Versuch das noch einmal, Drargan, und du bist ein toter Mann!«

Der Krifmann, der durch Hooks festen Griff an seiner Kehle unfähig war zu sprechen, gurgelte nur. Hook konnte die Stimmbänder spüren. Erbarmungslos drückte er fester zu, und Drargan, der versucht hatte, sich mit angezogenem Bein zu wehren, gab auf und wand sich hilflos.

Hook drehte seinen Arm herum, grub Finger und Daumen gnadenlos hinein. Die Delling spie einen Schuß nach dem anderen über den Boden, bis das Magazin leer war. Das unheilverkündende Schimmern des Gelmix warnte deutlich vor dem, was passieren würde, wenn organische Materie in diese Todesfalle gelangte.

»Jetzt hör mir zu, Bruder, und paß genau auf. Du hast mich für einen dreckigen, kleinen Schwindel, den du im Schilde führst, ausgesucht. Okay, ich werde mitmachen, solange es mir paßt. Du bestehst darauf, das Unternehmen zu leiten. In Ordnung, spiele den Befehlshaber. Aber komm mir noch einmal in die Quere, dann fliegst du durch die Luftschleuse, um freischwebend im Raum spazieren zu gehen.«

Hook lockerte den tödlichen Griff an der Kehle des Krifmannes und stieß ihn so heftig von sich, daß der Pilotensessel sich etliche Male drehte, bevor er wieder zum Stillstand kam.

Als Drargan auf seinem Drehstuhl wieder Hook zugewandt war, hatte der Krifmann eine seiner Energiepistolen gezogen. Eiskalt entriß ihm Hook die Waffe und richtete sie mit einem gekonnten Schwenk auf sein Gegenüber.

»Willst du etwa einen Teil deines verrotteten alten Kahns wegpusten? Bist du verrückt?«

Die Heftigkeit von Hooks Worten und die herablassende Anrede ließen den Krifmann förmlich zusammenzucken. Sein fremdartiges Gesicht verzog sich, als habe es einen unerwarteten Schlag erhalten.

»Nein«, sagte er, wobei seine Stimme fast nur ein Krächzen war. Er massierte seine Kehle. »Natürlich nicht!«

Beide Männer wußten genau, was passieren würde, wenn jemand selbstmörderisch genug war, eine starke Ernergiewaffe innerhalb eines Raumschiffes abzufeuern. Und Drargans Waffen gehörten zweifellos zu dieser Gattung. Hook konnte zwar nicht das Fabrikat erkennen, aber er konnte sehen, daß sie über todbringende Energie verfügten.

»Nein, ich hätte gar nicht geschossen . . .«

»So wie du dich jetzt gerade fühlst, hättest du es aber von Herzen gern getan, oder? Meine Gedärme so ein bißchen an der Wirbelsäule vorbei nach draußen befördern, stimmt's?«

»Dieses Vergnügen hebe ich mir für später auf.«

»Sieh mal, Drargan, ich hege keine Feindseligkeiten gegen dich persönlich. Okay, du hast zwar unmögliche

Wachposten beschäftigt, aber ich bin bereit, dir noch eine Chance zu geben.«

Der Krifmann legte Zeigefinger und Daumen an den Rücken seiner fremdartigen Nase und kniff hinein. Er schüttelte den Kopf.

»Ich kann es einfach nicht glauben. Wenn das alles hier wirklich passiert, kannst du für uns tatsächlich sehr von Nutzen sein. Das heißt, wenn du lange genug lebst.«

»Aha«, entfuhr es Hook.

Der Roboter der Flugsteuerung wandte sich ihnen zu und meldete sich schnarrend zu Wort: »Zielpunkt erreicht. Andocken erfolgt in zehn Komma sechs Minuten.«

»So, so«, rief Hook aus. »Ich dachte mir doch, daß noch etwas mehr dazu gehört als dieser rostige Eimer.«

Drargan massierte sich Kehle und Nacken.

»Für das, was du hier angestellt hast, hätten dich meine Freunde dort draußen im Handumdrehen erledigt. Die sind von einem anderen Kaliber.«

»Könntest mich zum Narren gehalten haben.«

»Die Wachposten wurden von den Behörden Leontinis zur Verfügung gestellt. Es sind nicht unsere Leute. Ja, Kasdun, hier läuft ein Projekt. Ich glaube, du könntest für uns eine sehr wichtige Aufgabe übernehmen.«

Hook warf dem Krifmann einen äußerst wachsamen Blick zu. Ganz plötzlich hatte dieser seinen Ton verändert. Warum war das geschehen? Was veranlaßte den prahlenden Major Drargan, von einer Sekunde zur anderen richtig zugänglich und vernünftig zu klingen?

Drargan fuhr fort: »Ich bin bereit zu übersehen, was du angestellt hast. Wenigstens für den Augenblick und solange du nützlich für uns bist. Versprechungen mache ich dir allerdings nicht. Wenn ich meinen Freunden dort draußen erzähle, wie du in die Organisation paßt, werden sie mir auch zuhören.«

Obwohl dieses die einzige greifbare Chance für Hook war, gab er vor, noch darüber nachdenken zu müssen. Drargan rutschte unruhig auf seinem Sessel herum. Die Erkenntnis, daß sich der Krifmann verunsichert fühlte, traf Hook wie ein Blitzschlag.

»Nun, Kasdun? Wir docken in wenigen Minuten.«

»In Ordnung!«

»Gut! Jetzt solltest du mir besser meine Pistole zurückgeben.«

Da wußte Hook plötzlich Bescheid. Dieser rauhe, zähe, haarige Krifmann hatte schreckliche Angst vor seinen Komplicen, die sich in dem Raumschiff aufhielten, an das sie in Kürze anlegen würden. Wenn sie erfuhren, daß sich der Krifmann von einem Gefangenen hatte überrumpeln und sich die Waffe hatte abnehmen lassen, zöge dies für ihn mit Sicherheit ernsthafte disziplinarische Maßnahmen nach sich. Und Hook hatte inzwischen genug gesehen, um zu wissen, daß diese Bestrafung nicht leicht ausfallen würde. Hook streckte die Hand aus, griff in Drargans linke Brusttasche und zog ein kleines braunes Magazin heraus. Damit wedelte er Drargan unter der Nase herum.

»Ich denke, das sollte ich behalten. Nur für den Fall der Fälle.«

»Meine Pistole!«

»Deine Kumpels sollten besser keinen Wind davon bekommen, stimmt's, Drargan?«

»Wir werden jede Minute andocken, und sie können umgehend auf dem Bildschirm erscheinen.«

»Dann gehe ich besser ins Gefängnisquartier zurück. Ach ja, du solltest mal jemanden ins Schiffsheck schicken, der sich um deine Wachposten kümmert, die dort in einem leeren staubigen Verschlag herumliegen.«

»Gib mir meine Pistole zurück!«

»Aber gerne! Hier!«

Hook warf sie zu ihm hinüber. Er war sicher, Drargan würde nicht schießen, denn dadurch verschlimmerten sich die Probleme, die der Krifmann bereits hatte, noch wesentlich.

Die Energiewaffe wurde in der Luft aufgefangen und in das Holster gerammt. Das Gleichgewicht mit der Pistole auf der anderen Hüfte war jetzt wieder hergestellt. Drargan atmete tief durch.

»Du hältst dich wohl für äußerst gerissen, Kasdun? Dann werde ich dir mal was sagen! Wenn meine Freunde mit dir fertig sind, wirst du dir wünschen, als unscheinbarer kleiner Gefangener in deiner Koje geblieben zu sein!«

4. Kapitel

Als die beiden Raumschiffe ihre Luftschleusen verbanden, durchlief nur ein kaum merkliches Rütteln den Frachter. Der Roboter erwies sich als ausgezeichneter Pilot. Die Mannschaft an Bord des leichten Kreuzers hatte sicher überhaupt nicht mitbekommen, daß ein anderes Schiff angekoppelt worden war.

Man hatte die Wachposten befreit, und nun führten sie die elf Gefangenen die Korridore entlang zur Luftschleuse.

Jeder ihrer Versuche, sich an Hook zu rächen, war

von Major Drargan rücksichtslos unterbunden worden.

Er riß sie verbal in Stücke, machte seinem Ärger Luft, daß ihnen so etwas überhaupt passieren konnte, und ließ sie seine Verachtung spüren. Hook marschierte gesenkten Hauptes mit den anderen Sträflingen voran.

Er kannte die Krifmänner gut genug, um zu wissen, daß Drargan nichts auf sich beruhen lassen würde, oder besser gesagt, konnte. Der Bursche würde sich den richtigen Zeitpunkt für seine eigene Rache schon noch aussuchen. Für Ryder Hook bedeutete es nur eine weitere Angelegenheit, die er im Auge behalten mußte.

Nur Drargan und die Gefangenen betraten die Schleuse des leichten Kreuzers. Die Wachposten und Roboter blieben an Bord des Frachters. Man brauchte kein Rategenie zu sein, um daraus zu schließen, daß der Robotpilot, sobald die Verbindung abgebrochen und die Schleusen geschlossen worden waren, den Frachter zurück zum Raumsatelliten nach Leontini fliegen würde.

Neue Wachposten tauchten auf.

Diese schienen aus einem völlig anderen Holz geschnitzt.

Obwohl sie einen entschlossenen Eindruck machten, fehlte ihnen der streitsüchtige Gesichtsausdruck der Gefängniswärter. Sie waren schlanker, gepflegter, und schon ihre fast eleganten Bewegungen boten einen deutlichen Kontrast zum schwerfälligen Ochsenschritt der Individuen, mit denen sich Hook auseinandersetzen mußte.

Ihre Waffen beeindruckten ihn.

An den breiten Gürteln ihrer Overalls hingen Holster mit mächtigen Geschoßwerfern. Die schweren Geschosse mit niedriger Geschwindigkeit erfüllten ihren

Zweck, Menschen aufzuhalten, ohne beispielsweise Metall durchschlagen zu können. Aus dem Grunde wäre auch ein Schiffsrumpf nicht gefährdet.

Diese Waffen stellten an Bord eines Raumschiffes keine Ausnahme dar und bedurften auch keines besonderen Kommentares. Stöcke und Knüppel trug keiner der Männer bei sich, was jedoch jeder von ihnen zusätzlich noch am Gürtel hängen hatte, beeindruckte Hook ungemein. Jeder einzelne besaß ein Schwert. O nein, es handelte sich dabei nicht um Energie-Schwerter, deren Klingen Kraft genug besaßen, Panzerstahl zu durchschlagen. Sie waren aus reinem Stahl. Der schlichte Griff bot guten Halt für Finger, die in Raumhandschuhen steckten, und verfügte über eine Schutzglocke. Hook kannte sich mit Schwertern aus und wußte über die Leistungsfähigkeit jeden Typs im Null-g-Kampf Bescheid.

Soweit er es sehen konnte, hatte keines der Schwerter ein Antigrav-Gerät am Griff. Das Fehlen dieses kleinen, praktischen Hilfsmittels, sowie auch ganz allgemein das Fehlen von Energie-Schwertern, verwunderte ihn sehr.

Der befehlshabende Sergeant hielt einen Bläher in der Hand. Hook begutachtete die Waffe mit Abscheu.

Die Schwertgriffe, wie auch der Kolbenhals des Blähers waren gegen hohe Voltspannung isoliert. Die Munition des Blähers bestand aus Spitzgeschossen mit leichter Hülle, die, wenn sie erst einmal eingedrungen waren, beträchtliche Mengen von Gas ausströmen ließen. Die Wirkung war anders als bei einer chemischen Explosion. Das Gewebe der unglücklichen Zielobjekte wurde vollständig durchtränkt. Sie schwollen an, blähten sich auf, bis der Körper dem inneren Druck nicht länger widerstehen konnte. Dieser Prozeß dauerte wesentlich länger als das Zerbersten, das durch ein konventionelles Geschoß hervorgerufen wurde. Wenn es eine Person in Stücke riß, dann waren die in der Nähe befindlichen Leute oder Gegenstände nur den herabrieselnden Fleischfetzen ausgesetzt und nicht den Folgen einer Explosion.

Die Gefangenen wußten, wozu der Bläher in der Faust des Sergeanten imstande war, und marschierten schweigend weiter. Sicher waren sie ein Haufen Bösewichter, denn obwohl Hook von ihnen wenig Notiz genommen hatte, kannte er diese Typen gut genug, um zu wissen, daß es sich bei ihnen um wirkliche Schwerverbrecher handelte. Er vermutete — und hoffte dabei, ihnen nicht unrecht zu tun —, daß sie, im Gegensatz zu ihm, aus guten Gründen eingesperrt worden waren.

Die Gruppe versammelte sich in einer Metallzelle und wurde aufgefordert, zu warten. Die Männer ließen sich an der Wand hinuntergleiten, saßen stumm da und starrten zu Boden.

Die Wärter behielten sie wachsam im Auge. Schließlich rief der Sergeant einen Namen auf. Der erste Mann erhob sich und wurde fortgeführt. Der Rest wartete.

Ein zweiter Name ertönte, und der Sergeant begleitete die entsprechende Person hinaus.

Keiner sprach ein Wort. Allerdings vermutete auch niemand, daß diese Männer zur Hinrichtung abgeholt würden. Sie versuchten, sich während der Wartezeit ein wenig Entspannung zu verschaffen, und Hook konnte beobachten, wie sie, in sich gekehrt, nach moralischer Aufrüstung strebten. Diese Männer hatten schließlich doch etwas mit ihm gemeinsam. Sie alle waren Einzelgänger, Männer, die den galaktischen Systemen, Konglomeraten und Multisystem-Organisationen den Rücken gekehrt hatten.

Wahrscheinlich fehlte auch ihnen — wie Hook — eine Kreditkarte, die normalerweise chirurgisch und neurologisch in das linke Handgelenk eingepflanzt wird.

Alle Namen waren aufgerufen, und Hook kam als letzter an die Reihe.

Die Einrichtung des Raumes, in welchen der Sergeant ihn nun führte, erinnerte Hook unwillkürlich an jene längst vergangenen Tage, in denen er als loyaler Angehöriger des IRK vor Kommissionen treten mußte, wie es der behördliche Weg zur Beförderung vorschrieb.

Er war nicht sehr weit gekommen beim Interstellaren Raketen Konsortium. Der mysteriöse Tod seines Vaters hatte ihn derartig mitgenommen, daß er vollkommen aus dem Tritt zu geraten drohte. Dann wählte ihn das IRK für das Novamann-Projekt aus, in dessen Verlauf er in ein Wesen umgewandelt werden sollte, das über Körperbau und Qualifikation verfügte, in Welten mit starker Gravitation zu leben. Nun, das alles ging schief, und sie warfen ihn hinaus. Die Projektleute waren seine erfolgreichen Nachfolger. Ernst blickte er zu den drei Leuten hinüber, die am hinteren Ende des Tisches saßen.

»Arbit Kasdun!« verkündete der Sergeant lautstark und zog sich dann neben die Tür zurück, wobei er den Bläher demonstrativ gegen die Brust gepreßt hielt.

Sie forderten ihn nicht auf, sich zu setzen. Allerdings stand an dieser Seite des Tisches ohnehin kein Stuhl.

Zur Rechten thronte Major Drargan. Es sah genauso pompös, selbstsicher und gewichtig aus, wie man es von einem Krifmann erwartete. Nichts an seiner Haltung verriet, daß zwischen ihm und seinem Sträfling noch eine andere Verbindung bestand als die augenscheinliche.

Zur Linken saß eine Frau, deren dunkelgrüne Tunika Brust und Hüften deutlich betonte. Ihre schmale Taille umschlang ein enger Gürtel, und in diesem Gürtel steckten Waffen. Die Beine wurden vom Tisch verdeckt. Hook vermutete, daß sie recht ansehnlich waren. Eine schimmernde Pracht schwarzen Haares deckte ihre rechte Gesichtshälfte fast vollständig zu und erweckte den Eindruck, als läge diese Seite im Schatten. Ihr breiter Mund hatte schmale Lippen, und ihre Nase war zwar spitz, aber doch nicht so wie die einer Bilderbuch-Hexe. Alles in allem barg ihr Gesicht mehr Geheimnisse als das Gesicht jeder Durchschnittsfrau.

Auf Major Drargans Schulter prangte eine einzelne Sternschnuppe in Goldmetall. Der Mann in der Mitte hatte zwei Sternschnuppen auf jeder Schulter.

Er war ein Krifmann. Drargan war zwar zäh, aber dieser Bursche sah aus, als könne er Drargan noch schnell vor dem Frühstück zusammenschlagen. Ein in Juwelen gefaßtes Okular anstelle seines linken Auges unterstrich sein wild entschlossenes Aussehen. Offensichtlich hatte er dieses Auge in einem Kampf verloren und, anstatt sich ein neues, organisches Auge einsetzen zu lassen, sich zugunsten eines eindrucksvolleren Aussehens — und zum Preise einer schlechteren Sichtigkeit — für jenes unnatürliche Okulargerät entschieden. Über seiner breiten Brust kreuzten schwarze Gürtel die Jacke seiner gelblich grünen Uniform. Er trug einige Orden, jedoch hatte Hook keine Ahnung, worum es sich dabei handeln mochte.

Sie verschwendeten keine Zeit mit langer Vorrede.

»Arbit Kasdun!« Der Ton des Oberstleutnants war

brüsk; kontrollierte Aggression schwang in seiner Stimme mit. »Du bist Pilot und daher für eine spezielle Aufgabe ausgewählt worden. Wenn du diese Aufgabe erfolgreich erfüllst, wird man dich belohnen, indem man dir deine Haftstrafe erläßt.«

Hook schwieg sich erst einmal aus.

Da die Frau links von Hook saß und ihre Haare nur das rechte Auge bedeckten, konnte sie Hook deutlich erkennen. Nun beugte sie sich vor und meinte: »Also, Kasdun? Was hast du zu unserem Vorschlag zu sagen?«

»Ich warte darauf, den Rest der Geschichte zu hören!«

Drargan explodierte: »Du sprichst Captain Springer gefälligst als Captain oder Mylady an, Kasdun! Vergiß das ja nicht!«

Hooks Lippen verzogen sich. Aber er verzichtete darauf, den Kopf zu wenden und Drargan einen unmißverständlichen Blick zuzuwerfen, der ihn an gewisse Dinge erinnerte.

»Nun los, Kasdun«, knurrte der Oberstleutnant. »Was hast du dazu zu sagen? Rede schon!«

»Habe ich bereits.«

Das juwelenbesetzte Okular glitzerte im Schein der Deckenbeleuchtung und erlosch, sobald der Krifmann den Kopf senkte, um das vor ihm auf dem Tisch liegende Papier zu studieren. Als er seinen Blick dann wieder Hook zuwendete, verrieten seine harten Züge die gewohnheitsmäßige Verachtung, die die Krifmänner allen anderen entgegen zu bringen pflegten.

»Deine Aufgabe ist es, ein kleines Raumschiff an einen Ort zu lenken, den wir dir später bekanntgeben. Du wirst die anderen der Gruppe unterstützen. Du wirst sie hinbringen und zur Basis zurückschaffen.«

»Wobei die anderen unterstützen?«

»Kasdun, du solltest mich besser als Sir oder Oberst anreden. Sonst bekommt Major Drargan einen Tobsuchtsanfall.«

Hook war sichtlich überrascht.

Ein Krifmann mit Humor? Niemals!

Die Frau platzte heraus: »Was die Gruppe zu tun hat, geht dich jetzt noch gar nichts an. Du fliegst sie hin und auch wieder zurück.«

So bitter es für Hook auch sein mochte, er konnte nichts weiter tun, als zuzustimmen. Er nickte.

»In Ordnung! Unter der Bedingung . . .«

»Wir lassen uns von dir keine Bedingungen stellen!«

»Ich wollte nur sagen, unter der Bedingung, daß Sie mir Näheres verraten, bevor ich losfliege.«

»Man wird es dir erzählen. Einverstanden?«

»Ja!«

»In Ordnung, Kasdun. Und jetzt verschwinde!«

Draußen auf dem Korridor steckte der Sergeant seinen Bläher wieder in das Holster. Er ließ dabei den Verschlußriemen offen, und Hook vermutete, daß der Sergeant diese unangenehme Waffe mit der Geschwindigkeit einer vorschnellenden Schlange ziehen konnte, um dann Fleisch und Blut aufzupumpen, bevor ihm jemand zu nahe kam.

»Ihr geht jetzt alle nach unten, holt euch was zu essen und werdet dann anschließend eingekleidet. Keine Mätzchen! Bewegt euch!«

Hook verspürte keinerlei Sehnsucht, mit den anderen zehn Sträflingen Kontakte zu knüpfen, und sie schienen seine Einstellung zu teilen. Die Mahlzeit bestand aus Pitta-Brot, gefüllt mit einer Mischung aus Fleisch und Gemüse, natürlich alles synthetisch. Bei der Kleidung handelte es sich um olivgrüne Kittel und Hosen, braune

Gürtel und Turnschuhe. Hook stieß die Turnschuhe beiseite, und niemand stellte seine Entscheidung, weiterhin die schwarzen Stiefel tragen zu wollen, in Frage.

»Du machst ja deinen Job im Schiff, dann ist es in Ordnung!«

Später wurde Hook vom Sergeanten befohlen, sich bei der Luftschleuse zu melden. Dort wartete Drargan im bereits geöffneten inneren Segment. Hook hatte gar nicht mitbekommen, daß das Schiff, dessen Pilot er werden sollte, an den leichten Kreuzer angekoppelt worden war. Es mußte also sehr klein sein.

»Geh jetzt rüber und überprüfe das Schiff, Kasdun.« Drargan tätschelte seinen Pistolenkolben. »Die Wachposten werden dich aufmerksam im Auge behalten.«

»Ja, ja!« murmelte Hook, während er durch die Schleuse schritt. »Daran zweifle ich keine Minute!«

5. Kapitel

»Was ist mit dem Mädchen passiert?«

Das Blut schoß Hook ins Gesicht. Seine Pupillen weiteten sich, und er starrte Major Drargan haßerfüllt an. Er streckte die Hände aus, und seine Finger krallten sich an den glänzenden Sternschnuppen auf den Schultern des Krifmannes fest. Seine Fäuste erlangten knochenbrecherische Kraft.

»*Was hast du mit dem Mädchen gemacht?*«

Drargan wand sich, und sein Gesicht verzog sich schmerzerfüllt.

»Meine Schultern . . .« Aber der Major war ein Krifmann. Mit einem Ausbruch unbändiger Energie stieß er sein Knie empor. Hook hatte diese Reaktion jedoch vorausgeahnt und wehrte, obwohl ihm das Blut dröhnend durch den Kopf pulsierte, den Angriff mit seinem eigenen Knie ab. In Windeseile suchten seine Hände neue Ziele. Die Linke stieß Drargans rechten Arm beiseite, so daß die Delling ihre Ladung wirkungslos durch die leere Luft spie. Hooks rechte Faust umklammerte Drargans Kehle.

»Sag es mir, Drargan! Jetzt sofort!«

Während sich Hooks erbarmungslose Finger noch tiefer eingruben, brachte Drargan gerade noch eine mühsame Antwort hervor. Die unverkennbare Feindseligkeit auf Hooks Zügen und sein rücksichtsloses Vorgehen ließen den Major nicht unbeeindruckt.

»Sie wurde in ein Hotel gebracht — ihr ist nichts geschehen!«

Hooks rasender Blick bohrte sich tief in Drargans Augen.

»Du sagst jetzt besser die Wahrheit, Drargan. Ich lasse dich los, aber denke daran: eine falsche Reaktion, und du bist ein toter Mann.«

Hook hatte sich jetzt wieder unter Kontrolle. Er ließ von Drargan ab, wich zurück und hob nun selbst den linken Arm. Das braune Magazin, das er dem Krifmann aus der Tasche gezogen hatte, hatte er inzwischen in seine Darker gesteckt. O nein! Ryder Hook meinte, was er sagte.

Drargan massierte seine Kehle. Sein Gesicht drückte unmißverständliche Mordgelüste aus, dennoch vermied er falsche Reaktionen.

»Wenn du lügst, Drargan . . .«

»Ich lüge nicht, Kasdun! Die Roboter wurden deaktiviert und in einem Zollspeicher untergebracht. Das Mädchen hält sich in einem kleinen, aber bequemen Hotel auf. Ich schwöre es!«

Jetzt brauchte Hook sich nicht mehr zu fragen, was mit Vanda und der *Fire Daisy* geschehen war. Er stand in seinem eigenen Kutter. In dem Augenblick, als er durch die Luftschleuse trat, hatte er ihn erkannt.

Als er sich ein wenig zu beruhigen begann und Drargan mit der Hand an seiner Kehle in sich zusammensank, amüsierte sich Hook fast darüber, daß diese Idioten von Leontini Vanda nicht als Androidin erkannt hatten.

Dies sprach Bände über ihr technisches Niveau und paßte genau zu den fehlenden Energieklingen. Es durchzuckte ihn die schreckliche Erkenntnis, daß die Regierungsbehörden auf Leontini, hätten sie Vanda richtig eingeschätzt, auch sie, zusammen mit den Robotern deaktiviert hätten. Aber sie war kein Roboter. Selbst wenn ihr mechanischer Körper abgeschaltet würde, konnte ihr Verstand mit Leichtigkeit weiterhin funktionieren. Hook glaubte allmählich daran, daß Vanda mit einem menschlichen Wesen, das geboren anstatt hergestellt worden war, fast identisch sei.

Der Gedanke, ihre pulsierende Energie und wißbegieriges Naturell könnten in irgendeinem düsteren Lagerhaus verkümmern, ließen Hook förmlich erschauern.

Major Drargan hatte inzwischen seine Fassung wiedererlangt und schien sich mit dem Gedanken zu befassen, diesem Bastard Kasdun eine drastische Lehre erteilen zu müssen.

Hook meinte: »Keine Feindseligkeiten, Drargan. Das Mädchen ist wirklich nützlich im Schiff. Auch als Pilotin zu gebrauchen. Ich vermute, du hast dir deinen Weg an Bord erschwindelt . . .«

»Verdanke ich den Zollbehörden von Leontini. Du warst im Gefängnis, deshalb wurde dein Schiff konfisziert.«

»Nun, denke immer daran. Es ist *mein* Schiff!«

»Aber ja. Das wird niemand außer acht lassen!«

Drargan sprach diese Worte in einer Weise, die Hook absolut nicht gefiel. Ein selbstgefälliger Unterton ließ ihn aufhorchen.

»Was . . .?« begann er.

Oberst Reckmans autoritäre Stimme unterbrach ihn barsch.

»Was geht hier vor?«

Unverzüglich nahm Drargan die Hand von seiner Kehle. Er wandte sich der Schleusenöffnung zu, durch die der Oberst geschritten kam. Hook richtete sich sofort seelisch auf das ein, was geschehen könnte, denn er hatte im Laufe seines Lebens immer wieder bereit sein müssen, sich mit Unerfreulichem auseinanderzusetzen. In diesem Punkt, so vermutete er, teilte er das Schicksal der meisten Menschen.

»Habe veranlaßt, daß sich Kasdun mit dem Schiff vertraut macht, Sir. Keine Probleme!«

Hooks Meinung nach hätte Drargan gar nichts von Problemen erwähnen sollen. Die Bemerkung ›Keine Probleme‹ bedeutete gewöhnlich unter normalen Umständen, daß es doch welche gab.

Dieser Oberstleutnant ließ sich von niemanden an der Nase herumführen.

»Dein Schiff wurde beschlagnahmt, Kasdun. Leiste anständige Arbeit, und du bekommst es wieder.«

Hook begehrte auf.

»Ich hätte gern das Mädchen dabei, das hier an Bord war, damit sie . . .«

»Was du gern hättest und was du wirklich bekommst, hat nichts miteinander zu tun. Jetzt gehe endlich deinen Pflichten nach!«

Die wirklich brisante Situation zwischen Drargan und Hook war durch das Erscheinen Oberst Reckmans entschärft worden. Hook vermutete, dafür dankbar sein zu müssen. Eines lag klar auf der Hand — bei der ersten sich bietenden Gelegenheit würde er die *Fire Daisy* schnappen und verschwinden. Bei Dirty Bertie Bashtis zerfetzten, stinkenden Pantoffeln, Hook würde *verschwinden!*

Er überprüfte die Kontrollanzeigen des Kutters, streifte dann umher und nahm sich jeden möglichen Problembereich vor. Hook verabscheute Schlamperei. Ausrüstung, die nicht tadellos funktionierte, konnte zwischen den Sternen ebenso tödlich sein wie unfähiges Personal.

Er entdeckte, daß die ehemalige Bewaffnung des Schiffes entfernt worden war. An ihrer Stelle hatte man einen Dorsalturm errichtet, dessen Sicht- und Feuerkontrolle von der Brücke aus bedient werden konnte. Die Waffe im Turm war eine winzige Grief-Morganson, eine Energie-Kanone mit beschränkter Reichweite und limitierter Wirkung. Man konnte damit ein Haus in die Luft jagen, gegen Panzerung würde sie versagen.

Er setzte sich auf den Behelfsstuhl im Turm, der nur für den Notfall, falls die Fernbedienung versagte, zur Verfügung stand, und dachte nach.

Nun ja, er hatte sich in letzter Zeit für seine Verhältnisse ein wenig ungewöhnlich verhalten. Zwar nicht sehr, aber dennoch genug, um nach möglichen Beweggründen zu suchen. Wie die meisten Leute biß er sich durch und überwand die sich ihm bietenden Probleme so gut er konnte. Bis zu einem gewissen Punkt war er selbstprüfend, daher suchte er jetzt nach einer möglichen Erklärung.

Für einen stahlharten, eiskalten Abenteurer der Galaxis, einen wahrhaftigen Einzelgänger, einen Mann, dem alle anderen eigentlich schnuppe waren, hatte er in bezug auf Vanda deutlich überreagiert. Sie war ja schließlich nur ein Android. Hook beschloß, sie nicht mehr als Droid zu betrachten. Roboter wurden immer Bots genannt und Androiden nur Droiden. Für ihn war es nur noch Vanda, das hübsche Mädchen mit ihrer bezaubernden Art und dem messerscharfen Verstand.

Das konnte vielleicht der Grund sein, weshalb ihm die Pferde durchgegangen waren.

Aber eigentlich stellte es nur den auslösenden Faktor dar. Hook war Realist genug, um erkennen zu können, wo die Wurzel des Übels lag.

Allerdings wollte er sich die Tatsache nicht eingestehen.

Er konnte dennoch keine andere plausible Erklärung finden. Wie Hook meinte, hatte er das Problem des Überwechselns in den Zustand eines Projektmannes immer aus einem realistischen Blickwinkel betrachtet. Wenn eine Person erst einmal die unglaubliche Macht, die ihm dieser Prozeß verleiht, erhalten hat, so wurde diese Person fast immer bösartig.

In dem Bereich gab es natürlich verschiedene Abstufungen. Es war keine pauschale Angelegenheit. Und in dem Zusammenhang erinnerte er sich mit Liebe und Verzweiflung an Iola Gervase, die nicht bösartig geworden war.

Iola Gervase war tot, und ihr Hinscheiden hatte Hook den Sinn seines Lebens genommen. Nur der Gedanke, mit den Novaleuten abrechnen zu wollen, trieb ihn weiter. Sie hatten Iola ermordet, und wenn er sie auch mit Rache im Herzen verfolgte, so war er doch gleichzeitig bestrebt, sie zu vernichten, weil sie eine allgemeine Bedrohung für Leib und Leben darstellten.

Urugney, der im Raumschiff in einer Spezialzelle gefangen saß, hatte Hook einen konstanten Zufluß der Projektmann-Energie beschert. Damit war er über eine beträchtliche Zeit hinweg ein Novamann gewesen. Und begann, wie er es vermutet und befürchtet hatte, unter den Nebeneffekten zu leiden.

Nachdem Urugney fort und mit ihm die Kraft erloschen war, fühlte sich Hook ausgelaugt und leer. Er hungerte nach dem Zustand eines Projektmannes. Also veranlaßte ihn seine Unzufriedenheit mit dem momentanen Zustand, derartig unbeherrscht und wild, ohne Rücksicht auf mögliche Konsequenzen, zu reagieren.

Er saß auf dem Behelfsstuhl im Dorsalturm und legte seine Stirn gegen das kühle Metall des Waffenrückens.

Gewalt war so eine schreckliche Art, Probleme zu lösen.

Sein Leben stellte ein einziges Chaos dar! Hier war er nun, ein Ausgestoßener ohne Kreditkarte, der sich in der Galaxis herumtrieb. Die einzige Frau, die er jemals aufrichtig geliebt hatte, war ihm genommen worden, und sein einziger Lebenszweck bestand darin, die bösartigen Bastarde zu jagen und zu vernichten, bevor sie seiner habhaft werden konnten.

Nicht unbedingt ein reizvolles Lebensziel.

Dennoch würde Hook keine Ruhe finden, bevor er nicht mit den Novaleuten abgerechnet hatte.

Natürlich gab es da noch Shaeel und Karg, seine einzigen echten Freunde. Aber wo sich diese beiden Raufbolde im Mahlstrom glitzernder Sterne zur Zeit aufhalten mochten, wußte er nicht.

Schließlich erhob er sich. Die *Fire Daisy* war überprüft und für in Ordnung befunden.

Wenn Hook sich gegenüber ehrlich war, so beinhaltete sein Leben schon noch andere Elemente. Es hatte lustige Stunden und Kamaradschaften gegeben, er hatte die Bekanntschaft von netten Leuten gemacht. Er hatte geholfen. Obwohl er den Novaleuten Kredite und Metallgeld abgenommen und es an bedürftige Stellen verteilt hatte, sah er sich dennoch nicht als interstellarer Robin Hood.

Der Rest des Schiffstages verlief ohne weitere unangenehme Zwischenfälle. Hook ging Drargan tunlichst aus dem Weg. Der Sergeant erschien beim Essen, um ihm mitzuteilen, daß der Einsatzbefehl am nächsten Morgen, Schiffszeit, erfolgen würde und sie besser sofort in der Koje verschwinden sollten.

Hook jedoch beschloß, sich für die Hintergründe des Einsatzes zu interessieren. Nach seiner Erfahrung gehörte der Ärger zum Mahlstrom glitzernder Sterne wie die Motte zum Licht. In diesem Falle wußte er nicht, ob sich das Spektakel zwischen planetarischen Regierungen oder Multisystem-Konglomeraten abspielte. Ärger zog Projektleute magisch an. Mit ihren übermenschlichen Kräften konnten sie eingreifen und den Verlauf nach ihren eigenen Wünschen lenken.

Zu dem Zeitpunkt, als Hook in den Besprechungsraum ging, war er davon überzeugt, bei diesem Ausflug zwangsläufig auf einen Novamann stoßen zu müssen.

Oberst Reckman und Major Dragarn saßen an einem Tisch, der in der Zimmerecke stand. Ein Bildschirm war seitlich von ihnen an der Wand aufgebaut. Die elf Sträflinge hockten auf harten Stühlen. Die Frau, Captain Springer, erteilte den Einsatzbefehl.

In alten Zeiten pflegten Frauen ihr Haar über das Gesicht zu kämmen, um möglicherweise unansehnliche Narben zu verstecken. Heutzutage jedoch hatte die plastische Chirurgie ein Stadium erreicht, in dem sie das menschliche Gewebe wiederherstellen konnte, ohne irgend welche Spuren zu hinterlassen.

Dann erinnerte sich Hook daran, daß dieser Abschnitt des weiten Raums offensichtlich hinter der technischen Entwicklung jener Bereiche zurücklag, die ihm vertraut waren. Vielleicht hatte Captain Springer eine Verletzung davongetragen, die nicht erfolgreich zu beheben gewesen war.

Der Job, für den man sie zusammengerufen hatte, stellte sich als Raubüberfall heraus, der gleichermaßen leicht durchführbar, als auch verhängnisvoll verlaufen konnte.

Bilder flackerten über den Schirm, und die Frau erklärte Einzelheiten, die für sie von Interesse waren.

»Wir haben im Nebenraum ein 3D-Modell vorbereitet, das ihr euch ansehen und einprägen sollt. Macht euch mit jedem Blickwinkel des Zielortes sorgfältig vertraut.«

Sie wies auf die Eingangstüren des Gebäudes, die Seitenstraßen, gab Werte und Dimensionen der für die Konstruktion verwendeten Materialien bekannt. Dienstpläne der Wachposten flackerten über den Bildschirm. Routinemäßige Aktivitäten auf dem Marktplatz der Stadt wurden einzeln aufgezählt.

»Die Atmosphäre ist neun Zehntel und die Gravitation acht Zehntel. Damit werdet ihr keine Schwierigkeiten haben.«

Einer der Sträflinge, ein Bursche mit dunklem Haarschopf und einem gebrochenen Nasenbein, meldete sich zu Wort: »Irgendeine Ansteckungsgefahr?«

»Nichts, worüber man sich Sorgen machen müßte. Es trägt niemand Masken. Wie dem auch sei, Cash, ihr geht ja nur schnell hinein und gleich wieder raus, da wird euch schon nichts passieren!«

Jevers, ein Typ, der aussah, als könne er durch jeden Türspalt schlüpfen, fragte: »Roboter?«

»Nur am Tresen und in den öffentlichen Verkehrsmitteln.«

»Dann sollten wir uns die Fahrpläne noch mal ansehen«, schlug Mandville, dessen Schultern und Brust die Nähte seines olivgrünen Anzugs zu sprengen drohten, vor.

Die Fahrpläne erschienen auf dem Monitor.

»Ihr werdet feststellen, daß die von uns ausgewählte Zeit, nämlich zwölf Uhr mittags, wirklich optimal ist.«

Niemand verspürte den Wunsch, sich weiter dazu zu äußern. Es war die richtige Zeit.

»Ihr erhaltet weitere Anweisungen, wenn ihr euch alle Einzelheiten gründlich eingeprägt habt. Jedem von euch wird eine spezielle Aufgabe zugeteilt. Die Sache muß reibungslos über die Bühne gehen.«

Hook vermutete, daß die Spezialaufgaben, die diesen Sträflingen zugeteilt wurden, dem kriminellen Geschick jedes einzelnen angepaßt waren.

Am Schluß dieser ersten Lagebesprechung faßte Captain Springer alles noch einmal kurz zusammen und verteilte Computer-Ausdrucke, und dann gingen die elf hinüber ins Nebenzimmer, um sich das Modell anzusehen.

Es war im Maßstab 1:76 errichtet, und die Gebäude hatte man geradezu perfekt nachgebaut und angemalt.

Der Marktplatz wirkte vollkommen echt. Fünfundzwanzig Millimeter große Leute bewegten sich durch Impulse von Leitstrahlen. Die von Robotern gefahrenen öffentlichen Verkehrsmittel rollten einher. Die gesamte Reihenfolge der Aktivitäten zwischen elf Uhr fünfzig und zwölf Uhr zehn wurde von den Modellen etliche Male wiederholt, so daß die Männer alles genau beobachten und sich Gedanken darüber machen konnten, wie das Objekt am besten zu erreichen sei. Es spielte keine Rolle, daß es sich dabei um ein einfallslos schlichtes Gebäude handelte.

Sie waren natürlich nicht einer Meinung. Hitzige Diskussionen entstanden, als jeder seine Ansicht zum Besten gab. Auf diese Weise wurden die Möglichkeiten ausgelotet. Sie würden selbstverständlich den Weg hineingehen, den Reckman, Drargan und Springer ihnen vorschrieben.

Jevers, dünn und reizbar, fragte: »Warum, zum Teufel, haben die uns ausgesucht?«

Mandville zuckte mit den Achseln, wobei noch mehr Nähte krachten, und blickte ihn voller Mitleid an.

»Denk doch mal nach, Gonil! Wir sind entbehrlich!«

6. Kapitel

Als Hook auf Leontini den Raumterminal passierte, hatte ihm der Zöllner gesagt, es gäbe bei ihnen nicht viele Weltraum-Vagabunden. Dennoch hatten alle seine zehn Mitgefangenen keine Kreditkarte am Handgelenk.

Sie gehörten keiner Wirtschaftsorganisation an.

Diese Tatsache verlieh Mandvilles verachtungsvoller Bemerkung besonderes Gewicht. Vielleicht waren sie *wirklich* alle entbehrlich.

Jevers wollte davon nichts hören. »Nee«, wehrte er ab. »Dafür haben sie zuviel Zeit und Geld in uns investiert.«

»Eine zerschlissene Uniform, Synthi-Fraß und ein bißchen Geschwätz?« warf der bullige Stokes ein. »Ich habe mitbekommen, daß das Schiff mal Kasdun gehörte.«

»Trotzdem sind Unkosten entstanden.«

Hook überließ sie ihrem Streitgespräch und warf einen weiteren Blick auf das Modell.

Später an diesem Schiffstag rief der Sergeant sie nochmals einen nach dem anderen hinaus. Die Männer kehrten nicht zum Modell zurück. Hook eilte pflichtbewußt in den Besprechungsraum. Der Reihenfolge nach war er wieder als letzter dran. Er warf den drei Offizieren einen prüfenden Blick zu. Sofort spürte er, daß dieses Gespräch in einer veränderten Atmosphäre stattfand.

Captain Springer ließ eine Landkarte auf dem Bildschirm erscheinen.

»Hier ist die Stadt.« Sie benutzte ihren Cursor, um den Bereich abzugrenzen, und wechselte dann in ein Tal hinüber, das von der Stadt durch eine Hügelkette getrennt war, durch die eine Straße führte. »Hier unten wirst du landen, und der Stoßtrupp steigt aus. Genau um zwölf Uhr mittags landest du dann auf dem Marktplatz und hältst dich bereit, alle wieder aufzunehmen. Ist das klar?«

Hook antwortete nicht gleich. Er dachte nach.

Um die Fähigkeit dieser Leute zu testen und sich selbst ein bißchen Spaß zu gönnen, meinte er: »Lassen Sie mich laut denken. Wenn der Stoßtrupp sich nicht an die Regeln hält und ich zur Zielscheibe werde . . . Ein Kommunikator könnte das Problem lösen. Warum lande ich nicht gleich auf dem Marktplatz und warte dort auf den Stoßtrupp, bis er mit seiner Aktion fertig ist? Vielleicht würde ein Raumschiff, das auf einem ruhigen Marktplatz landet, zuviel Aufruhr verursachen. Dann geht der Überraschungseffekt verloren. Vielleicht . . . Vielleicht kämen, während ich warten muß, die Gesetzeshüter angerannt und jagten mein Schiff in die Luft. Vielleicht . . .«

»Das reicht jetzt«, fiel ihm Captain Springer ins Wort. »Du wirst tun, was man dir sagt. Deine Überlegungen sind ja richtig kindisch.«

»Ich verlange einen Kommunikator, um mit dem Stroßtrupp Verbindung halten zu können.«

Oberstleutnant Reckman beugte sich vor. »Major Drargan teilte mir mit, daß du ein Unruhestifter bist. Wir sind daran gewöhnt, mit Unruhestiftern fertigzuwerden. Aber in diesem Falle halte ich deine Forderung für vernünftig. Ist genehmigt!«

»Wie lange soll ich auf die anderen warten?«

Springer antwortete: »Bis sie wieder aus der Bank herauskommen!«

Hook überlegte erneut. Der Einsatzbefehl umfaßte nur die Zeitspanne bis zehn Minuten nach zwölf.

»Wieviel Zeit steht ihnen für die Bank zur Verfügung?«

»Das ist ja wirklich absurd!« explodierte Springer. Sie starrte Hook giftig an. »Du machst deine Arbeit, und dafür bleibt dir dann das Gefängnis erspart. Ist das klar?«

»Wie lange dürfen sie drinnen bleiben?«

Drargan lachte zwar nicht, aber sein Krifmann-Schnaufen ließ keinen Zweifel daran, was er dachte.

»Captain Springer«, forderte Reckman sie auf, »sagen Sie es Kasdun!«

Sie fuhr sich mit der Hand durch ihr dichtes, schwarzes Haar. Das eine sichtbare Auge war dabei geschlossen. Tief durchatmend rang sie nach Fassung. Dann entgegnete sie: »Es stehen ihnen fünf Minuten zur Verfügung!«

Hook straffte sich und drückte durch seine Haltung unmißverständlich aus, daß er die Unterhaltung auf eine andere Ebene zu leiten gedachte. Er wandte sich direkt an Reckman.

»Herr Oberst, mache ich mich nach fünf Minuten mit denen, die bis dahin herausgekommen sind, auf den Weg, oder warte ich?«

Captain Springer riß entsetzt den Mund auf, die sichtbare Hälfte ihres Gesichtes verzog sich vor Wut. Reckman winkte jedoch ab: »Einen Augenblick mal, Captain!« Er betrachtete Hook mit einem derartigen offenen und interessierten Blick, daß dieser spontan nachdenklich reagierte. Reckman unterschied sich von den meisten Krifmännern, die Hook jemals getroffen hatte. Nicht allen, denn Hook hatte schon vorher so manches Abenteuer an der Seite eines Krifmannes überstanden.

Von diesen dreien war Drargan ein Krifmann niedrigster Güte, der sich aufplusterte, bis er mal richtig gefordert wurde.

Springer stellte als kritische, harte, rücksichtslose und entschlossene Person eine Angehörige ihrer Rasse par excellence dar. Nach Hooks Einschätzung stand Reckman weit über ihnen allen.

»Kasdun«, wandte sich Reckman an Hook. »Ich bin verwundert, daß du fragst, ob du auf die anderen warten sollst. Eigentlich dachte ich mir, du würdest so bald wie irgend möglich verschwinden.«

»Ich hatte nicht die Absicht, länger als zehn Minuten zu warten.«

»Richtig!«

Ein Schweigen entstand, das die beiden anderen Offiziere aus disziplinarischen Gründen nicht zu brechen wagten. Aus optischen Erwägungen heraus hielt auch Hook sich zurück, während Oberstleutnant Reckman angestrengt nachdachte.

Schließlich sagte der Krifmann mit einem Zögern, das Hook sehr wohl bemerkte und für spätere Erwägungen im Gedächtnis zu behalten gedachte: »Nach zehn Minuten darfst du mit denen abfliegen, die bis dahin aus der Bank herausgekommen sind.«

Dazu gab es nur noch wenig zu sagen, und nachdem Hook ein paar weitere Kleinigkeiten geklärt hatte, gesellte er sich wieder zu den restlichen Männern.

Jedem einzelnen war eine spezielle Aufgabe zugeteilt worden. Jetzt begannen sich die Planungskriterien der Krifmänner herauszukristallisieren. Diese Männer waren Einzelgänger. Sie alle verfügten über jene listige, verschlagene und unabhängige Denkweise, die unter den Angehörigen der Organisationen vollkommen erstarb. Darüber hinaus besaßen sie das Geschick, in der Galaxis am Leben zu bleiben. So wie Hook als Pilot eingezogen worden war, hatte man Jevers zum Beispiel aufgrund seines Geschickes, jedes Schloß und jeden Safe knacken zu können, Cash für seine Erfahrung mit Alarmanlagen und Mandville für seine unglaubliche Kraft und Rücksichtslosigkeit bei der Beseitigung eventuell auftauchender Hindernisse ausgewählt.

Hook bemerkte, daß es ihnen nicht gestattet wurde,

über eine längere Zeitspanne hinweg zusammenzubleiben. Regelmäßig erschien der Sergeant mit seinem Bläher im Anschlag und holte sie abwechselnd heraus.

Von Zeit zu Zeit wurde alles nochmals konsequent einstudiert, bis jeder im Schlaf wußte, was er zu tun hatte. Bevor sie endgültig zuschlugen, blieb noch eine letzte Formalität zu erfüllen.

Und das war, wie sich sehr bald herausstellte, keine gewöhnliche Formalität. O nein!

Hook wurde wieder einmal als letzter aufgerufen und ging in das ihm angewiesene Zimmer, in welchem ihn Captain Springer bereits ungeduldig erwartete. Sie deutete auf eine Einzelzelle.

»Rein da, Kasdun, und beeile dich!«

Wortlos betrat er die Zelle. Die Tür wurde zugeschoben, und als Hook das zischende Geräusch vernahm, den süßlichen Geruch von Gas bemerkte, war es bereits zu spät, um noch reagieren zu können. Er fiel in tiefe Bewußtlosigkeit.

Als er auf seiner Koje wieder zu sich kam, spürte er als erstes — abgesehen von schrecklichen Kopfschmerzen — ein enges Band an seinem Hals.

Er wußte sofort, worum es sich bei diesem Halsband handelte und welche Bedeutung es hatte. Es nützte kein Fluchen mehr. Jetzt war er bereits in diese Sache hineingeschliddert, und er vermochte nichts mehr zu tun, bis er dieses verdammte Ding loswerden konnte.

Flüche und Verwünschungen ertönten, als die anderen hilflos an ihren metallenen Ringen zerrten. Springer rief sie zur Ordnung, richtete ihr einzelnes Auge energisch auf sie.

»Solltet ihr nicht wissen, was diese Ringe an euren Hälsen zu bedeuten haben, werde ich es euch sagen.

Wenn ihr euch entschließt, den Plan doch nicht verabredungsgemäß durchzuführen, sondern statt dessen abzuhauen versucht, erfahren wir dieses umgehend. Die Tracer werden es uns mitteilen. Wir senden daraufhin ein Signal aus und . . .«

»Boing! Fliegen unsere Köpfe weg!« schrie Mandville schwitzend und wütend dazwischen.

»Ganz richtig!«

Jevers stotterte nur noch: »Diese Syphilitiker! Damit habe ich nicht gerechnet!«

»So ein Haufen widerwärtiger Kotzbrocken!« Cash versuchte, seine Finger unter das Band zu schieben und erstickte fast dabei.

»Versucht nur die Kalcroiden zu entfernen, ihr Idioten, dann betätigt sich nämlich der Auslöser. Habt ihr verstanden?«

Hook schluckte. Kalcroiden! Ja, er kannte dieses Modell. Diese Dinger waren nicht besonders hoch entwickelt und daher nicht sehr teuer, so daß für diesen Reckman und seine Bundesgenossen nicht zu hohe Unkosten entstanden. Ihre Sicherheitsvorrichtung würde sich als sehr wirkungsvoll erweisen. Man brauchte jemandem nur ein Metallband um den Hals zu legen und es zu einer Sprengfalle zu machen, und es würde genausogut funktionieren wie die kostspieligsten Modelle.

Hook verspürte allerdings wenig Lust, diese Theorie an seinem eigenen Hals in die Praxis umzusetzen. Er wollte seinen Kopf auf den Schultern behalten.

Springer fuhr fort: »Im Bereich des Marktplatzes hält sich ein Kontrollposten auf. Ihr seid also die ganze Zeit unter Beobachtung.«

»Dann werden Sie uns also das Unternehmen durch

ihre Anwesenheit verschönern, richtig?« Hook bemühte sich um einen möglichst sarkastischen Unterton. Das Gefühl des Bandes an seinem Hals ließ ihn erschauern.

»Ich sagte nicht, daß ich dieser Kontrollposten bin, Gonil!«

»Und doch würden Sie es sicher genießen«, stieß Mandville zynisch hervor.

Drargan meldete, daß das Ziel in Sicht sei und alle zur *Fire Daisy* hinübergehen sollten. Diesmal führte Hook die Gruppe an.

Seine Kopfschmerzen verflüchtigten sich. Wenn er erst einmal den Kutter vom leichten Kreuzer abgekoppelt, ihn auf den Planeten hinunter gebracht hatte und im Tal gelandet war, würde es ihm sicher wieder bestens gehen.

Die Überprüfung der auf dem Planeten eintreffenden Raumschiffe nahm Reckman von der Brücke des leichten Kreuzers aus vor. In diesem Bereich dürften keine Schwierigkeiten entstehen.

Auf der Brücke der *Fire Daisy* ging Hook von seinem Pilotensessel aus die Kontrollen aller Systeme durch. Es war alles in Ordnung. Der Bildschirm zeigte ihm die Flanke des Kreuzers mit den über dem Schleusentor geöffneten Luken. Diese würden sich binnen kurzem schließen.

Reckman meldete sich über den Kommunikator und erteilte Order zum Abkoppeln. Dann meinte er: »Viel Glück, Kasdun, und gutes Gelingen euch allen. Jetzt verschwindet!«

Hook ließ seinen Kutter eine sanfte Kurve mit kontrolliertem Schub beschreiben und brachte ihn auf Kurs zur Planetenoberfläche.

Er teilte nicht Mandvilles Meinung, als dieser äußerte: »So, jetzt geht alles schief!«

Er hatte nicht die Absicht, seinen Kopf auf dem Schafott liegen zu lassen. Er würde heil aus dieser Sache herauskommen, das schwor sich Hook bei Dirty Bertie Bashtis läusezerfressenem Haarschopf!

7. Kapitel

Als Hook jetzt seinen Kutter gekonnt in dem hübschen Tal zwischen wellenförmigen Hügeln herunterbrachte, begann sich das intensive Einstudieren des Einsatzbefehls auszuzahlen. Die saubere Luft ließ den atmosphärischen Unterschied kaum spüren, und auch in bezug auf die Gravitation gab es keine Probleme. Die Männer fuhren die drei Luftkissenwagen aus der *Fire Daisy* hinaus die Rampe hinunter und machten sich ohne Umschweife auf den Weg in die Stadt.

Auftragsgemäß sandte Hook einen kurzen Signalstrahl von nur wenigen Mikrosekunden aus, um damit dem leichten Kreuzer zu berichten, daß Abschnitt eins erfolgreich verlaufen sei.

Dann machte er sich bereit, die zweieinhalb Stunden, die das zehn Mann starke Team für ihre Fahrt in die Stadt benötigte, zu warten. Sie alle trugen unauffällige Zivilkleidung über ihren olivgrünen Uniformen. Selbst Mandville war mit einer passenden Größe ausgestattet worden. Ihre Waffen und Sprengstoffe hatte man in Koffer und handliche Kisten verpackt, so daß sie ohne Schwierigkeiten in die Bank gelangen konnten. Hook zerbrach sich nicht länger den Kopf darüber, wem die Bank gehören mochte und was die Krifleute neben der Beute mit dieser Operation bezweckten.

Zwischen den Wirtschaftskonzernen liefen häufiger Aktivitäten dieser Art. Einige waren raffiniert bei dieser Sache, hier handelte es sich jedoch nur um ein plumpes Zuschlagen und Abkassieren. Aber dennoch, warum waren dieser spezielle Planet und diese spezielle Bank so unwahrscheinlich wichtig?

Hook spielte alle möglichen Ideen im Geiste durch. Wenn er die verschiedenen teuflischen Pläne, die dieser Operation zugrunde liegen mochten, in Betracht zog, dann könnte er vielleicht im Krisenfall sehr viel schneller und effektiver reagieren.

›Hab-Acht-Stellung‹ blieb nach wie vor ein ausgezeichnetes Motto.

Während sich Hook die Wartezeit vertrieb, stellte er mit Überraschung, die ihn jetzt allerdings durch ihr bereits häufigeres Auftreten nicht mehr so sehr irritierte, fest, daß er Vandas Gegenwart vermißte.

Ihre erfrischende Art, die Fähigkeit, sich Stimmungen nahtlos anzupassen, Probleme mit kühler Überlegung anzugehen und ihr lebhaftes Naturell, das umgehend ernster Besorgnis weichen konnte, dies alles waren Dinge, an die sich Hook im täglichen Leben mit ihr so sehr gewöhnt hatte.

Die Zeit verging. Die Entfernung, für die die Luftkissenwagen fast zweieinhalb Stunden benötigt hatten, würde der Kutter in wenigen Augenblicken zurücklegen. Er brauchte nur abzuheben, einmal kurz hinüberzuschwenken und dann gleich wieder zu landen.

Auf dem Marktplatz schien alles vollkommen normal, und keinem einzigen Bürger schien etwas Ungewöhnliches aufgefallen zu sein, bis die *Fire Daisy* mit aufheulenden Triebwerken in den Blumenrabatten landete.

Ein Standbild fiel um und ein Springbrunnen wurde fortgerissen, woraufhin Wasserfontänen in die Luft spritzten. Die Leute blickten schockiert um sich oder rannten schreiend davon. Fahrzeuge stießen zusammen. Während um ihn herum ein wahrer Tumult entstand, thronte Hook still und ruhig auf seinem Pilotensessel im Kontrollraum. Er nahm absolut keine Notiz von dem Höllenspektakel auf dem Marktplatz.

Die Impulse eines Projektmannes durchfluteten seinen Körper.

Irgendwo in der Nähe mußte sich ein Novamann oder eine Novafrau aufhalten, und ihre Kraft übertrug sich auf Hook wie gleichmäßige Vibrationen zweier angeregter Kristalle.

Als er auf dem Planeten landete, hatte Hook schon gleich das unbestimmte Gefühl gehabt, dort auf einen Projektmann zu treffen, und — bei Kapitän Dangjoos verfluchter Holzklaue — es stimmte tatsächlich.

Abgesehen von einigen Leuten, die vor Aufregung auf dem Bürgersteig gestolpert waren und sich jetzt wieder erhoben, herrschte vor der Bank kein weiterer Betrieb.

Die Uhr zeigte genau vier Minuten nach zwölf.

In etwa einer Minute sollte der Stoßtrupp aus dem Gebäude gelaufen kommen, um in den Kutter zu steigen.

Die Spulen der Grief-Morganson Energiekanone waren eingeschaltet und summten betriebsbereit vor sich hin. Auf Knopfdruck öffneten sich die Türen der Luftschleuse. Hook bewegte sich ganz automatisch, er registrierte kaum, was er tat. Einige kurze Augenblicke ließ er die Projektmann-Vibrationen durch Körper und Seele fließen.

Sein Bewußtsein erweiterte sich. Das Sehen und Hören verstärkten sich um ein Vielfaches. Hook bewegte sich noch in der Normalzeit, dennoch konnte er sich umgehend in Höchstgeschwindigkeit versetzen und so für das normale menschliche Auge verschwinden. Er war zwar kein Supermann, aber er war übermenschlich.

Inzwischen konnte er die Stärke der Impulse und die Richtung, aus der sie kamen, deutlich erkennen. Einer der Novaleute mußte sich auf dem Marktplatz gegenüber der Bank aufhalten. Seine Kraft entsprach dem Durchschnitt, und Hook vermutete, daß es sich, von der Hierarchie her, um eine Person der Mittelklasse handeln würde.

Dreißig Sekunden verstrichen.

Mal angenommen, er versetzte sich in Höchstgeschwindigkeit und ging schnell nachsehen, was in der Bank passierte?

Nein! Es war viel wichtiger, nach dem Projektmann Ausschau zu halten. Was, zum Teufel, hatten die Novamänner auf einem so kleinen und unbedeutenden Planeten, dessen Name Hook nicht einmal wußte, zu suchen?

Als sich Hook in Höchstgeschwindigkeit versetzte, verlieh ihm das Gefühl von Freiheit und Stolz ein fantastisches Wohlbefinden. Das bedeutete wahrhaftiges Leben! Schneller als jede Gewehrkugel raste er durch die Luftschleuse, zwischen den entwurzelten Büschen hindurch zum Ende der Blumenrabatten. Sollte sich der Novamann das Schiff ansehen, was sehr wahrscheinlich war, so könnte er Hook erst erkennen, nachdem er den Schutz der Anpflanzungen verlassen hatte. Für Hook, der sich in Höchstgeschwindigkeit befand, staute sich der Blumenduft in der Luft. Er atmete tief ein und freute sich an dem, was in seine Nasenlöcher drang. Während er weitereilte, unterzog er die Häuserfassaden an der Straße einer genauen Überprüfung.

Jegliche Aktivität um ihn herum war lahmgelegt. Sich an einen Projektmann heranzuschleichen, barg besondere Probleme, denn die Novaleute konnten einander auch in Höchstgeschwindigkeit erkennen. Würde Hook versuchen, das freie Gelände zu durchqueren, böte er ein wehrloses Ziel.

In seinem übermenschlichen Zustand fällte er die Entscheidung, daß sich das Risiko nicht lohne, und überlegte weitere Schritte. Zögernd machte er kehrt, huschte am Raumschiff entlang, das er dabei als Deckung zwischen sich und dem vermeintlichen Standort des Projektmannes ließ und rannte zur Bank.

Er blieb im Schatten des Eingangs stehen. Die Türen, solide Konstruktionen, passend zu einer respektablen Bank in bevorzugter Lage, standen offen. Die Aufschrift besagte, diese Bank gehöre dem YMC Wirtschaftskonzern an. Hook raste hinein.

Das Team, mitten in der Bewegung erstarrt, befand sich auf dem Weg nach draußen. Einige von ihnen umklammerten Säcke. Die Anstrengung der hastigen Flucht und die Hektik der gesamten Aktion hatten ihre Gesichter verzerrt. Aufregung und Furcht ließen ihre Gestalten die seltsamsten Verrenkungen vollführen.

Hook schätzte, daß sie den Kutter innerhalb der vorgeschrieben Zeit erreichen würden.

Was, zum Teufel, sollte er in Sachen Novamann unternehmen? Er konnte das doch nicht einfach auf sich beruhen lassen und brav abfliegen? Wenn er es allerdings nicht täte, würden die Gesetzeshüter die *Fire Daisy* und ihre Insassen möglicherweise in die Luft jagen.

Eine sehr wichtige Angelegenheit konnte und wollte er sofort regeln. Er ging zu Jevers hinüber, der die Truppe anführte. Mandville bildete mit vorgehaltener Pistole die Nachhut. Hook fing mit Jevers an. Die Sicherheitsvorrichtung in den Kalcroiden erwies sich in der Tat, wie Hook bereits vermutet hatte, als sehr ausgetüftelt. Ihr einziger Schwachpunkt war etwas, das die Konstrukteure nicht hatten voraussehen können, da sie nichts von den phantastischen Fähigkeiten der Projektmänner in Höchstgeschwindigkeit ahnten.

Hook entdeckte einen chemischen Zünder.

Mit seinen übermenschlichen Projektmann-Kräften riß er den Verschluß auseinander und warf das Metallband auf den Boden.

Hook wäre lange mit seiner Aktion fertig, bevor der Zünder die Ladung zur Explosion bringen könnte. Selbst wenn die Krifmänner ein wenig mehr Geld investiert und eine elektronische Kontrolle gekauft hätten, wäre es Hook durch einen weiteren Handgriff ebenfalls möglich gewesen, diese außer Gefecht zu setzen.

Er ging an den erstarrten Männern entlang und entfernte alle Kalcroiden. Zum Schluß zerrte er auch sich selbst das Band vom Hals. Danach fühlte er sich wesentlich besser und eilte umgehend zur *Fire Daisy* zurück, wobei er sich in geduckter Haltung vorwärtsbewegte. Die Ausstrahlungen des Novamannes erreichten ihn weiter aus der Richtung des Kutters, daher beschloß Hook, besser in Deckung zu bleiben.

Er legte seine Hand auf eine Seitenflosse, blieb stehen und blickte zur Bank zurück. Um die Vorgänge noch einmal überprüfen zu können, beschloß Hook, für einige Sekunden in Normalzeit zurückzufallen. Er entfernte sich seitwärts vom Raumschiff.

In diesem Augenblick kam Jevers laut schreiend aus der Bank gestürmt.

Hook wollte sich gerade wieder in Höchstgeschwindigkeit versetzen, als er hinter seinem Rücken eine Stimme vernahm: »Selbst jetzt mißachtest du deine Befehle!«

Er machte auf dem Absatz kehrt.

Major Drargan hielt eine seiner Energie-Pistolen auf Hook gerichtet. Vollkommene Zufriedenheit drückte sich auf seinen Zügen aus. Neben ihm stand ein Bursche in einem makellosen hellgrünen Overall. Sein überlegener, wissender und anmaßender Blick war der eines Projektmannes, der etwas besonders Widerwärtiges im Schilde führte.

Einiges konnte Hook bereits durchschauen. Der Novamann hatte sich in Höchstgeschwindigkeit versetzt und war zusammen mit Drargan während der Zeit, die Hook in der Bank verbracht hatte, zum Kutter geeilt, wobei er darauf geachtet haben mußte, daß Drargans Kleider nicht Feuer fingen.

Als Drargan sagte: »Hier kriegst du jetzt, was ich dir schuldig geblieben bin, Kasdun!« wurde ihm auch der Rest des Vorhabens klar.

Das war es also. Drargan würde den Piloten erschießen. Für den Stoßtrupp, der sich, wie verabredet, am Kutter einfand, gäbe es dadurch keine Fluchtmöglichkeit mehr. Drargan arbeitete ganz offensichtlich für andere Leute, als Oberstleutnant Reckman meinte.

»Das hast du schon die ganze Zeit vorgehabt«, stieß Hook hervor. »Wo ist Springer? Und wer ist dieser Bursche?«

»Ein Freund, der mich zu schätzen weiß. Goodby, Kasdun!«

Eine Person in Höchstgeschwindigkeit erreichte trotz allem nicht die Lichtgeschwindigkeit, daher würde die Energie-Pistole, sobald die Mündung ihre Ladung ausspuckte, Hook schon im selben Augenblick wegpusten. Er konnte nur eines tun: sich ganz schnell in Höchstgeschwindigkeit versetzen, so daß Drargans Finger am Abzug verharrte.

Der Projektmann stieß einen Schreckensschrei aus, den Hook nur noch teilweise mitbekam, und griff nach seiner eigenen Waffe. Hook versetzte ihm einen gezielten Schlag in den Magen und schloß dann die Finger fest um seinen Hals. Die Projektleute waren sehr wohl imstande, sich gegen Angriffe zu wehren. Inzwischen befanden sich beide in Höchstgeschwindigkeit und kämpften im Schatten des Kutters, während alle anderen wie angewurzelt verharrten.

Der Novamann bäumte sich verzweifelt gegen Hooks festen Griff auf. Er hatte es immer noch nicht verkraftet, daß dieser dämliche Normalmensch plötzlich über Kräfte verfügte, die seinen eigenen Fähigkeiten entsprachen, und befand sich somit in einer Art Schockzustand. Als er schließlich begriff, daß er als Novamensch gegen einen Normalmenschen mit ähnlichen Eigenschaften wie er selbst um sein Leben kämpfte, war es bereits zu spät. Er würde niemals mehr erfahren, daß Hooks Kräfte seine eigenen bei weitem überstiegen.

Dennoch leistete er heftige Gegenwehr. Nicht zum ersten Mal stellte Hook fest, wie schwer es war, einen Projektmann umzubringen. Der Projektmann, dessen Hals in tödlicher Umklammerung gefangen saß, versuchte voller Panik, Hooks Hände von sich zu reißen. Es gelang ihm nicht. Sein Kopf fiel vornüber, und Hook ließ ihn zu Boden sinken.

Nun mußte Hook schnell, ganz schnell handeln, um seine Aktion zu beenden, bevor das sterbende Gehirn im Schädel des Novamannes ihm die letzten übermenschlichen Kräfte entzog.

Hook straffte sich. Er konnte bereits gewisse Entzugserscheinungen spüren. Eilig hob er den linken Arm, schoß, und seine Darker versprühte eine Ladung Disgel, die sich als schimmernde Kugel langsam von der Mündung aus in Richtung Drargan bewegte. Als das Gehirn des Novamannes endgültig in Totenstarre verfiel und Hook dadurch seine besonderen Fähigkeiten verlor, beschleunigte sich die Gelmix-Ladung, aus der Kugel wurde ein Lichtstreif, der in Drargans Gesicht landete.

Jevers schrie: »Was geht hier vor?«

Und Cash: »Laßt uns bloß schnell verschwinden!«

Fluchend und brüllend erschien auch der Rest der Truppe, und sie alle begannen, die Leitern hinaufzuklettern. Hook war in die Normalzeit zurückgekehrt.

Mandville, der als letzter auftauchte, wandte sich in unangenehmem Tonfall an Hook. »Was machst du hier unten, Kasdun? Du solltest doch oben auf der Brücke sein!«

»Ich an deiner Stelle würde nicht in die Pfütze treten, Mandville!«

Mandville wußte umgehend Bescheid. Er starrte Hook an.

»Ja, ja, das war einmal Major Drargan, und dieser Lackaffe sein Gehilfe. Sie wollten mich umbringen und euch dann hängen lassen!«

»Worauf warten wir noch? Auf geht's!«

Unverzüglich machte sich Hook auf den Weg, ließ sich in seinen Pilotensessel fallen und nahm das Kommando über die *Fire Daisy* wieder auf.

Wenige Sekunden bevor der Kutter abhob, flog die Fassade der Bank in die Luft, dann das Dach, woraufhin die Wände in sich zusammenfielen.

Jevers meinte: »Wir haben den Typen Bescheid gesagt, damit sie noch rauslaufen konnten. Ishikawa meinte, das ist Zeitverschwendung.«

Masayoshi Ishikawa, der Mann, dessen rundes Gesicht von fettigen schwarzen Haaren eingerahmt wurde, grunzte nur. »Wir waren doch entbehrlich, richtig? Warum sollte es bei denen anders sein?«

Mandville entgegnete auf seine schwerfällige Art: »Im Gegensatz zu uns, Bruder, haben sie nichts davon gewußt.« Er warf Hook einen durchdringenden Blick zu. »Ich sagte ja, wir waren alle entbehrlich.«

Hook meinte, es für einige von ihnen erklären zu müssen.

»Heutzutage, im Zeitalter der Kreditkarten, findet man in den Banken nicht mehr viel Metallgeld. Sicher konntet ihr ein paar Säcke an Land ziehen. Trauriges Bild. Auch habt ihr die Bank in die Luft gejagt. So lautete euer Auftrag. Ihr solltet dadurch der YMC ein bißchen Ärger machen. Ich vermute, Reckman arbeitet für ein Unternehmen, das mit YMC auf Kriegsfuß steht. Und dieser Lump Drargan spielte den Verräter. Ihr wäret alle hochgegangen. Keiner hätte sich darum geschert.«

»Richtig!« murmelte Mandville finster. »Wir sind alle Einzelgänger. Wer immer Reckman beschäftigt, hätte nie von uns erfahren.«

»Und das Schiff gehört mir!«

Hook fragte sich, ob er dieses hätte sagen müssen. Sollten diese Rowdys jetzt beschließen, es ihm wegzunehmen, würden sie das ohne weiteres tun und ihn zwingen, sie an einen Zielort ihrer Wahl zu fliegen.

Er erkundigte sich: »Legt irgend jemand Wert darauf, Reckman Bericht zu erstatten?«

Das Fehlen ihrer Kalcroiden irritierte sie. Keiner konnte sich das erklären. Aber sie waren darüber so erleichtert, daß sie sich damit nicht weiter beschäftigten, sondern sich dem zuwandten, was als nächstes auf sie wartete.

»Bist du verrückt?«

Und: »Höchst unwahrscheinlich!«

»Was machen wir denn jetzt?«

Im Durcheinander der nun folgenden Diskussion führte Hook den Kutter in einer flachen Kurve um den Planeten herum. Seiner Vermutung nach befand sich Reckmans leichter Kreuzer in Warteposition über der Stadt. Wie lange der Krifmann brauchen würde, um herauszufinden, daß seine Pläne nicht wunschgemäß verliefen und entsprechende Maßnahmen zu ergreifen, wußte Hook nicht. Da es sich jedoch bei Reckman um einen Krifmann handelte, dürfte er nicht viel Zeit benötigen, das war klar.

Nach dem Verlassen von Bellamy hatte sich Hook auf Kitana neue Karten und Tabellen besorgt. Somit konnte er sich an diesem Ende des Kosmos zurechtfinden, ohne sich zu verirren.

Es interessierte ihn nicht im geringsten, wohin dieser Haufen Raufbolde wollte. Er würde sie auf dem Planeten ihrer Wahl absetzen und dann geradewegs seinem eigenen Ziel entgegensteuern.

Erst nachdem sie sich die Köpfe heiß geredet und sich dabei fast heiser geschrien hatten, fiel es ihnen ein, sich danach zu erkundigen, wohin der Pilot zu gehen wünschte.

»Ich werde euch unterwegs absetzen.« Hook wies auf

die Karten. »Ihr könnt euch im geographischen Lexikon eine passende Welt aussuchen.«

Mandvilles dröhnende Stimme übertönte die anderen.

»Ich kenne mich an diesem Ende der Schnur nicht aus. Wohin willst du denn, Kasdun?«

Hook behielt die Bildschirme aufmerksam im Auge. Jeden Moment erwartete er, daß Oberstleutnant Reckmans leichter Kreuzer um den Planeten herum auf sie zu käme. Er mußte versuchen, seine *Fire Daisy* noch vorher in den Hyperraum zu bringen.

»Ich habe noch etwas zu erledigen.«

Schon lange nicht mehr hatte Hook das Slangwort ›Schnur‹ in bezug auf den Spiralarm der Galaxis gehört. Offensichtlich hatte sich auch Mandville, ähnlich wie Hook selbst, weit, weit von zu Hause entfernt.

»Ich glaube, ich sollte hier in dieser freien Welt von Bord gehen«, meinte Jevers und streckte seinen Finger aus. Mandville starrte Hook durchdringend an. »Nun sag schon, Kasdun, wohin gehst du?«

»Ich gehe zurück nach Leontini.«

8. Kapitel

Jetzt endlich hatte Hook die Möglichkeit, die Sternenkarten zu überprüfen, Reckmans Zielwelt ausfindig zu machen und den Kurs zurück nach Leontini festzulegen. Die anderen im Schiff hielten ihn für vollkommen verrückt. Nur Mandville und vielleicht noch Jevers räumten ein, daß Hook möglicherweise triftige Gründe für seine scheinbar selbstmörderische Entscheidung hatte, auf diesen verhängnisvollen Planeten zurückzukehren.

Auf dem Weg von Camcon, dem Planeten, auf dem sie die Bank in die Luft gesprengt hatten, nach Leontini kamen sie an einigen Planeten vorbei, auf denen ein Bursche, der zäh und rücksichtslos genug war, sich ohne weiteres durchschlagen konnte. Nachdem sie ihre Verfolger abgeschüttelt hatten, wobei Hook noch nicht einmal ganz sicher wußte, ob Reckman ihnen überhaupt nachgekommen war, düsten sie ab in den Hyperraum und verschwanden.

Cash sagte: »Du willst doch wohl nicht *da* runtergehen?« Er deutete auf eine Welt mit Namen Lobosran. »Die ist voll von diesen verfluchten Hummer-Männern. Widerlich!«

Zu guter Letzt hatten sie sich entschieden, wohin sie wollten, und jedem einzelnen machte es offensichtlich gar nichts aus, in der Nähe der Route nach Leontini zu bleiben. Seitdem Hook das Kommando seines Schiffes wieder übernehmen konnte, hatte sich sein Verhalten deutlich verändert. Sein Gesicht drückte eine Entschlossenheit aus, die keiner dieser Männer herauszufordern wagte.

Jevers und Mandville behielten sich ihre Entscheidung vor.

Das von der Bank entwendete Metallgeld wurde aufgeteilt. Man berücksichtigte dabei auch Hook. Verborgen im Raumschiff befand sich wesentlich mehr Metallgeld, als die Beute der Bank ausmachte — falls die Zollbeamten es nicht entdeckt hatten. Nachdem er das Raumschiff dem Autopiloten überlassen konnte, benutzte Hook einen unbeobachteten Augenblick, um dieses zu überprüfen. Es war noch alles an seinem Platz.

In den folgenden Tagen, unter Beibehaltung ihres Kurses von Camcon nach Leontini, setzte Hook die Männer des Teams nach und nach ab. Er hielt sich nirgendwo lange auf, denn er war entschlossen, allem aus dem Wege zu gehen, was ihn von seiner baldigen Rückkehr nach Leontini abhalten könnte. O ja, natürlich. Die Krifmänner hatten gesagt, Vanda hielt sich in einem Hotel auf und es ginge ihr gut. Hook mußte sich eingestehen, daß er sich erst wieder entspannen konnte, wenn er sich davon überzeugt hatte und wußte, daß sie sich wirklich in Sicherheit befand.

»Kannst du uns nicht hinter Leontini absetzen?« Jevers blickte Hook bei dieser Frage nicht an, sondern tat ganz zwanglos.

»Du mußt zwar verrückt sein«, warf Mandville ein und leckte sich die Lippen, »aber ich schließe mich an.«

»Ich dachte, ihr wolltet einen möglichst großen Bogen um diesen Ort machen?«

»Hatten wir ja auch vor!«

»So?« Hook stand den Wünschen dieser Männer indifferent gegenüber.

»Wir werden sehen!«

Genau wie Hook, waren auch diese beiden Einzelgänger der Sternenwelt und sprachen nur sehr wenig über sich selbst. Ungeachtet dessen keimte in Hook das unbehagliche Gefühl, daß diese zwei, der gerissene Jevers und der Riesenkerl Mandville, Spaß an der Zusammenarbeit gefunden hatten und daran dachten, ein neues Team zu bilden — mit Hook als drittem Mann.

Ausschlaggebender Faktor war dabei sicherlich, daß Hook ein Raumschiff besaß.

Hook mußte Vanda aus dem Hotel auf Leontini holen

und sich vergewissern, daß es ihr gut ging. Er mußte es einfach tun! Sie hatte sich an Bord des Schiffes als sehr nützlich erwiesen und war ein erstklassiges Mannschaftsmitglied geworden. Das Thema Sex spielte dabei keine Rolle. Selbstverständlich nicht. Überhaupt keine!

Schließlich traf Hook seine Entscheidung.

Als nur noch Mandville und Jevers übrig waren, teilte er ihnen mit: »Es hat keinen Zweck, mit diesem Schiff auf Leontini zu landen.«

»So?«

»Ich werde einen offiziellen Linienkreuzer nehmen. Den Kutter lasse ich auf dem nächsten Planeten, Okamoto, zurück.«

Für die beiden Männer sah er keine andere Wahl, als in der *Fire Daisy* zu bleiben. Er wollte sie nicht bei sich haben.

Diesen Worten folgte eine umfangreiche Diskussion über die verschiedensten Pläne. Sie waren nur mittels Druck zu überzeugen. Auf Leontini müßten sie sofort damit rechnen, wieder in den Knast geworfen zu werden. Ihr Verhalten wurde von langjähriger Gewohnheit diktiert. Als Einzelgänger, die im Begriff waren, sich zu einem Team zusammenzufinden, kamen ihnen ihre eigenen Beweggründe schon unheimlich vor, denen der anderen standen sie geradezu mißtrauisch gegenüber. Zu guter Letzt ließ Hook sie zurück, um auf die *Fire Daisy* aufzupassen, und nahm ein fahrplanmäßiges Linienschiff von Okamoto nach Leontini.

Es hätte ihn nicht überrascht, wenn sie versuchen würden, den Kutter zu verkaufen, um mit dem Erlös zwischen den Sternen zu verschwinden. Gegen diese Eventualität ergriff er präzise Vorsichtsmaßnahmen.

Bevor Hook sich an Bord des Linienkreuzers begab,

veränderte er, seinerzeit als Meister der Maske bekannt, sein Aussehen und stellte sich vorsichtshalber neue Ausweispapiere aus.

Als Lars Widgeon passierte er den Zoll auf Leontini. Zufälligerweise hatte derselbe Bursche gerade Dienst.

»Linka-Waren, Bruder, und keine Kreditkarte? Seit kurzem werden wir von Weltraum-Vagabunden wie Ihnen geradezu überschwemmt.«

Hook äußerte sich beschwichtigend und wurde durchgewinkt. Er stellte die IRK-Schaltkreise in seinem Gehirn auf Empfang, aber Vanda meldete sich nicht.

Als ihn die ersten Vibrationen von Projektmann-Energie durchzuckten, entfaltete er sich wie eine Blume unter der Sonne. Das mußte die Kontaktperson, Ladio, sein. Also hatte Urugney nicht gelogen. Hook ging mit sich zu Rate. Vanda oder Ladio? Bedingt durch die Projektmann-Fähigkeiten folgte die Entscheidung der Frage fast auf dem Fuße.

Dieser Zustand betraf viele menschliche Bereiche. Die Möglichkeit, sich in Höchstgeschwindigkeit versetzen zu können, war nur eine von vielen bemerkenswerten Eigenschaften. Während der Zeit, in der er sich durch Urugney in seiner Spezialzelle ständig im Zustand eines Projektmannes befunden hatte, experimentierte Hook mit Bewußtseinserweiterung und verschiedenen sogenannten Geisteswissenschaften. Im Bereich der Telekinese waren ihm bemerkenswerte Fortschritte gelungen, obwohl ihn die Telepathie selbst vollkommen verwirrte. Mit Hilfe äußerster Konzentration konnte er interessante Tricks durchführen und selbst aus der Entfernung beeindruckende Effekte erzielen, wie, zum Beispiel, ein Feuer anzünden oder Gegenstände zu zerbrechen, die allerdings nicht zu stabil gebaut sein durften. Mehr und mehr gelangte Hook zu der Ansicht, daß die Novaleute ihre neuen Schöpfungen einer deutlichen Hierarchie unterwarfen. Im Falle Ladio schien es sich um einen Novamann der Mittelklasse zu handeln, der wahrscheinlich nicht imstande war, das zu tun, wozu seine Kräfte Hook befähigten.

Als sich Hook auf den Weg zum Goldenen Schwan machte, wußte er genau, wie er seine Pläne in die Tat umsetzen wollte. Rendik saß an der Bar und unterhielt sich mit einigen Riffianern. Hook warf ihm einen bösartigen Blick zu.

Dieser Schweinehund hatte ihn unter Drogen gesetzt, dann ausrauben lassen und mit dem Gesicht nach unten in die Gosse gestoßen.

Hook bedauerte es sehr, versäumt zu haben, Major Drargan nach dem Namen des Hotels, in dem Vanda festgehalten wurde, zu fragen. Aber, verdammt noch mal, sich darüber den Kopf zu zerbrechen, was man hätte tun sollen, wäre für die meisten Angehörigen der fehlbaren Menschenrasse eine Vollzeitbeschäftigung. Hätte er sich zu dem Zeitpunkt im Zustand eines Projektmannes befunden, wäre dieses Problem nicht entstanden.

Hook, der mit Metallgeld klimperte und lautstark über Linka-Waren sprach, lenkte so allmählich die Aufmerksamkeit Rendiks auf sich. Kurze Zeit später erschien der Mal an seiner Seite und unterbreitete ihm den bereits bekannten Vorschlag. Als sie dann einen Schluck auf ihre Übereinkunft trinken wollten und die beiden Gläser auf der Bar standen, huschte Hook in Höchstgeschwindigkeit, vertauschte die Gläser, fiel wieder in Normalzeit zurück und nahm Rendiks Glas, das jetzt ihm gehörte, in die Hand.

»Zum Wohle!«

Rendik leerte sein Glas und saß dann wenig später mit dämlichem Gesichtsausdruck stocksteif da. Hook tat so, als sei überhaupt nichts geschehen, stürzte die Wodkatroika in sich hinein und schlenderte davon. Er ging an den drei finsteren Gesellen vorbei, die gerade zur Tür hereinkamen, versetzte sich in Höchstgeschwindigkeit, preßte jedem von ihnen seinen Knöchel hinter das Ohr und verschwand dann. Die Aktion hatte ihn zwar nicht sonderlich befriedigt, aber er war auch keineswegs unzufrieden.

Er entnahm seinem Koffer die Schutzkleidung aus Metallgewebe, die er anlegte, um wirklich schnell handeln zu können. Das Vorgehen war einfach und direkt. Im Polizeihauptquartier hatte Hook Unterlagen über Vandas Gefangennahme und Zwangsaufenthalt gefunden. Selbst der Name des Hotels — das ›Comet‹ —war vermerkt. Als unsichtbarer Blitz, der durch die Menschenmenge schoß, machte sich Hook jetzt dahin auf den Weg.

Alles im Hotel verharrte wie angewurzelt. Vanda saß an einem Tisch vor einem Bildschirm. Selbst unter diesen Umständen setzte sie ihr Trainingsprogramm noch fort. Als man sie festnahm, hatte sie dunkelbraune Haare und ebensolche Augen. So war ihr Aussehen verblieben. Erneut fiel Hook auf, wie atemberaubend hübsch sie war. Er konnte nur hoffen, daß keiner von den Wachposten versucht hatte, ihr zu nahe zu treten.

Er wirbelte im Hotel herum und packte ihre Habseligkeiten in ihre Tasche. Obwohl sie ein Android war, mußte er ihre Haut schützen, wenn er sie in Höchstgeschwindigkeit mit sich nahm. Ihr Parfüm, das er, wie seinerseits den Blumenduft, konzentriert einatmete, bezauberte ihn. Hook legte sich Vanda über die Schulter, wobei er sie in einen Teil seiner Schutzkleidung hüllte, und verschwand mit ihr.

Im Raumterminal schob er sich an dem Reservierungsroboter vorbei und veränderte die Passagierliste des nächsten Abfluges in der nötigen Weise. Er gab die benötigten Informationen ein und mußte nervenzerfetzend lange warten, bis der Computer seinen Befehlen nachkam.

Es blieben noch fünf Minuten Normalzeit, bis die Passagiere aufgerufen wurden. Hook fand eine kleine Nische, in der sie unbeobachtet waren, und dort verließ er die Höchstgeschwindigkeit. Er legte seine Hand über Vandas bezaubernden Mund.

Mit weit aufgerissenen Augen starrte sie ihn an. Lächelnd nahm er seine Hand fort. »Hör mir gut zu, Vanda . . .«

»*Captain!* Was . . .?«

»Jetzt hör mir zu, Vanda, und sei ein braves Mädchen!«

Sie war umgehend ruhig, vollkommen darauf vorbereitet, seine Worte als das wahre Evangelium hinzunehmen. Er beschrieb ihr die Situation in bezug auf die *Fire Daisy*, Mandville und Jevers. »Warte auf mich im Kutter auf Okamoto. Laß dir von den beiden nichts gefallen. Du weißt, wo die Waffenschränke sind. Jedenfalls . . .«

»Jedenfalls würde ein spitzes Knie auch seinen Zweck erfüllen, nicht wahr, Captain?«

»Mandville ist ein Kerl wie ein Baum. Gehe keinerlei Risiko ein, hörst du?«

»Ich verstehe überhaupt nicht, was eigentlich vorgeht. Warum kann ich nicht hier bei dir bleiben?«

»Das ist unmöglich! Ich erkläre es dir auf Okamoto.«

»Aber ich mache mir Sorgen um dich, Captain! Du wirst . . .«

»Ich werde schon zurechtkommen. Jetzt bringe ich dich erst einmal zum Schiff, dann kümmere ich mich um diesen Speichellecker Ladio und treffe dich später auf Okamoto.«

»Und du versprichst mir, mir dort alles zu erklären?«

Er sah sie an. Sie war nur ein Android, dennoch . . .

»Ich vermute, ich werde es tun müssen, aber ich mache es nicht gerne.«

»Nun, wenn du kein Vertrauen zu mir hast, Captain . . .?«

Oh, bei Kapitän Dangjoos verfluchter Holzklaue!

»Es gehen Dinge vor, aus denen du dich besser heraushalten solltest. Glaub es mir, kleine Vanda!«

Trotz der Veränderungen in Hooks Gesicht hatte Vanda ihn ohne Mühe sofort erkannt. Hook machte sich keinerlei Sorgen darüber, daß es Leuten wie Rendik ebenfalls gelingen könnte. Ja, daran gab es keinen Zweifel, ob Android oder nicht, Vanda machte sich eine ganze Menge aus ihm.

Ryder Hook wurde es höchst unbehaglich unter diesem Druck.

Sein Tonfall veranlaßte sie, ihren Mund zu spitzen. Entnervt drückte ihr Hook eine Summe Metallgeldes in die Hand. »Ich habe die *Fire Daisy* präpariert, daß Mandville und Jevers nichts mit ihr anstellen können, sie zu verkaufen, zum Beispiel. Keiner von beiden ist Pilot, darum tust auch du so, als hättest du keine Ahnung, verstanden?«

»Verstanden!«

»Mache dir keine Sorgen, wenn sie sich nicht an Bord aufhalten. Ich vermute, daß sie sich ihren Aufenthalt auf dem Planeten nach eigenem Geschmack gestalten werden.«

Nach ein paar weiteren Worten meinte Hook schließlich: »Das war's jetzt! Nun verschwinde!«

»Ist das alles, Captain?«

»Was?«

Sie legte ihre Arme um ihn, zog ihn an sich und küßte ihn. Wie auch schon vorher einmal, fand er es sehr schön.

»Ich werde auf dich warten, Captain. Aber bleibe bitte nicht zu lange fort!«

Hook beobachtete, wie sie davonging, und fragte sich gleichzeitig, ob er vielleicht der größte Trottel der Schöpfung sei. Aber dann versuchte er, sich immer wieder selbst zu überzeugen, daß sie bei dem, was er hier auf Leontini noch zu erledigen hatte, besser nicht anwesend sein sollte.

Hook empfing Ladios Vibrationen jetzt ganz vehement, und da er inzwischen auch die Richtung, aus der sie zu ihm herüberdrangen, erkennen konnte, machte er sich dorthin eilig auf den Weg.

In den Gebäuden und auch auf den Straßen unter den gläsernen Kuppeln und Röhren herrschte nur wenig Betrieb. Luftkissenautos und Taxen rauschten die Fahrbahnen entlang. Hook beschloß, zu Fuß zu gehen, da er zu spüren meinte, es könne nicht weit sein.

Von außen drangen keine Geräusche zu ihm herein, daher hatte er nicht mitbekommen, wie das Shuttle ablegte. Er drehte sich gerade rechtzeitig herum, um sehen zu können, wie die Luftschleusen des Linienkreuzers geschlossen wurden.

Dem Himmel sei Dank. Vanda dürfte jetzt in Sicherheit sein. Allerdings war Hook zu sehr Pragmatiker, um nicht zu sagen Pessimist, der sein Leitmotiv ›Habacht-Stellung‹ niemals aus den Augen verlor und aus dem Grunde Vanda erst an Bord der *Fire Daisy* in vollkommener Sicherheit glaubte. Alles mögliche könnte zwischen Start und Landung passieren, wie man so schön sagte.

Wie angewurzelt blieb Hook plötzlich mitten auf dem Bürgersteig stehen, so daß ein eiliger Riffianer mit ihm zusammenstieß. Hook wich zur Seite und murmelte eine angemessene Entschuldigung.

Hook war immer der Meinung gewesen, er wisse über Verfolgungswahn Bescheid. Er hatte gesehen, wie Männer und Frauen vernichtet wurden, weil es ihnen nicht gelang, ihren Gesichtskreis zu erweitern. Hook seinerseits wußte, daß, wenn die Projektmänner seiner habhaft wurden, sie ihn ohne zu zögern erbarmungslos töten würden, und meinte daher, ihnen unter allen Umständen zuvorkommen zu müssen. Voller Entsetzen erkannte er jetzt, wohin diese Besessenheit ihn getrieben hatte.

Während ihm diese Gedanken im Kopf herumgingen, versetzte er sich in Höchstgeschwindigkeit und raste zum Terminal zurück. Dort stellte er sofort Erkundigungen an und fand dabei heraus, daß das nächste Shuttle erst fällig war, nachdem der Linienkreuzer die Satellitenstation verlassen hate. Das war natürlich ganz logisch!

Er hatte Vanda gebeten, zu versuchen, ihn vom Satelliten aus über das öffentliche Telefonnetz anzurufen. Die zu wählende Nummer würde sie mit den IRK-Schaltkreisen in seinem Gehirn verbinden. Als der Kontakt schließlich aufgenommen wurde, war Hook derartig erleichtert, daß seine Knie unter ihm nachzugeben drohten.

»Das ist verrückt, Captain!« entfuhr es Vanda, nachdem Hook ihr erzählt hatte, was er zu tun beabsichtigte. »Wenn du dir ein Schiff stiehlst und damit hier heraufkommst, dann gibt es nur einen wahnsinnigen Aufruhr und Probleme für mich.«

»Ich mache mir Sorgen . . .«

»Das brauchst du nicht. Ich habe mich mit einem reizenden Ehepaar angefreundet, das anläßlich seiner goldenen Hochzeit auf Reisen ist. Ihre Enkelin und ich sind pausenlos mit Starlight Run beschäftigt. Sie macht das sehr gut, und ich habe bislang noch keine sechzehn gewürfelt, darum . . .«

»Ich verspreche dir, dir alle Einzelheiten zu erklären, wenn wir uns wiedersehen. Bitte paß auf dich auf!«

»Mir wird schon nichts passieren!«

»Ich weiß, daß du dir jeden Burschen über die Schulter werfen und ihm jeden einzelnen Knochen brechen kannst, aber wenn sie Dellings benutzen . . .«

»Wir werden jetzt aufgerufen. Ich muß mich beeilen. Auf Wiedersehen!«

Die Verbindung wurde unterbrochen. Als Hook den Terminal unter der gläsernen Korridorkuppel verließ, zwang er sich zur Ruhe. Sie konnte gewiß auf sich selbst aufpassen, nicht wahr? Ja, natürlich und sich auch gegen jeden wehren — mit Ausnahme der Projekleute. Sie hatte versprochen, bis sie sich in Sicherheit befand, regelmäßig mit ihm Kontakt aufzunehmen. Mit dieser dürftigen Beruhigung machte sich Hook auf den Weg zu Ladio. Er war jetzt zu allem entschlossen.

Diesmal würde er es dem Novalumpen zeigen. Ryder Hook würde seinem Ruf als hartgesottener, erbarmungsloser Einzelkämpfer gerecht werden, ganz gewiß.

9. Kapitel

Die Ausstrahlungen des Novamannes führten Hook zu einer Gruppe baufälliger Gebäude unter wenig vertrauenerweckenden Glaskuppeln ganz in der Nähe des Raumterminals. Ein Hinweisschild verkündete, es handele sich dabei um die Stu-End Studios. Zweifellos hatte man diesen Standort ausgesucht, falls mal ein eiliges Entkommen notwendig war.

Hook spürte, daß seinem Körper hochwertige Kräfte übermittelt wurden, und war überzeugt, davon Gebrauch machen zu können. Für den Augenblick schien es geschickter, in Normalzeit zu verbleiben. Er schlenderte zum Eingang und besah sich den Empfangsbereich. Die Vorsatzlinsen des Roboters schwenkten in seine Richtung. Elektronische Überwachungsgeräte, die an der Decke und den Wänden untergebracht waren, konnten sich als problematisch erweisen.

Obwohl diese Apparaturen sehr wahrscheinlich mit einer Sicherheitszentrale in Direktverbindung standen, könnte dennoch per Zufall der Projektmann einen Blick auf die Monitore werfen. Dabei würde er Hook auch in Höchstgeschwindigkeit noch erkennen.

Unter Anwendung aller besonderen Fähigkeiten, über die er jetzt verfügte, erstellte Hook in seinem Kopf eine 3D-Skizze des Empfangsbereiches und der verschiedenen von Kameras überwachten Zonen. Ihm fiel dabei auf, daß sich neben dem Blumenkübel mit der Palme, ganz in der Nähe des Tresens des Empfangsroboters, ein winziges dreieckiges Arenal befand, das nicht eingesehen werden konnte.

Genau neben dieser Palme versetzte er sich in

Höchstgeschwindigkeit, raste in Windeseile zum Tresen hinüber und hockte sich neben den erstarrten Roboter. Er war zweifellos ein Risiko eingegangen. Schnell überprüfte Hook die Bücher und Papiere auf dem Tresen, suchte dabei speziell die Besucherliste mit den Terminen des Tages heraus.

Ab drei Uhr an diesem Nachmittag hatte Studiochef Ladio keine Verabredung mehr.

Hook war viel zu ungeduldig, um noch bis zum Einbruch der Dunkelheit warten zu wollen. Aber auch nach Abschluß der offiziellen Termine Ladios böte sich bereits eine Gelegenheit, und so lange könnte er sich die Zeit vertreiben.

In Normalzeit ging er am Blumenkübel vorbei, und jeder, der ihn beobachtete, meinte, ihn ohne Unterbrechung dort gesehen zu haben. Jeder — mit Ausnahme eines Novamannes.

Indem Hook auf dieselbe Weise die Überwachungssysteme umging, gelang es ihm sogar, in die Studios vorzudringen. Die Tonstudios schienen nicht besonders groß, wobei es mittels holografischer Ausrüstung kein Problem war, die räumlichen Eindrücke zu verändern. Ein oder zwei Leute wollten wissen, was er dort zu suchen hätte. Hook lächelte daraufhin nur und verkündete, er sei auf Einladung des Taynor Ladio anwesend.

Er entdeckte, daß von den sechs Filmen, die sich in verschiedenen Fertigungsstadien befanden, fünf zur erotischen Sorte gehörten. Er beobachtete eine kurze Weile, wie eine Gruppe sehr hübscher Mädchen sich mit einigen männlichen Schönlingen vergnügten.

»So kann man seinen Lebensunterhalt auch verdienen«, meinte er und ging kopfschüttelnd weiter.

Man konnte sich wirklich darauf verlassen, daß die

Projektleute ihre schmierigen Finger in alles steckten, was Profit versprach.

Nachdem Hook ausfindig gemacht hatte, wo unter der gläsernen Kuppel sich die Büros befanden, setzte er sich dorthin in Bewegung. Einige Leute gingen an ihm vorbei, aber jeder schien so sehr mit seiner eigenen Aufgabe beschäftigt, daß man ihn vollkommen ignorierte. Eine beklemmende Atmosphäre machte sich deutlich bemerkbar. Nun ja, es mußte kein besonderes Vergnügen sein, für einen Projektmann zu arbeiten . . .

Kurz vor drei Uhr nachmittags tauchte er im Büro des Empfangsroboters, das sich genau vor dem allgemeinen Verwaltungstrakt befand, auf und sagte: »Mein Name ist Ramon Pagney, Blechmann. Ich bin bei Taynor Ladio angemeldet!«

Der Roboter überprüfte dies — und oho! dort stand tatsächlich der Name Ramon Pagney neben der Drei-Uhr-Spalte. Nun ja, natürlich stand er dort. Hatte nicht Ryder Hook ihn von der Palme aus selbst eingetragen?

Problemlos durchlief er die ersten Kontrollen. Obwohl selbst gewöhnliche Videostudios eine ausreichende Sicherheit boten, verließ sich Hook bei der Auseinandersetzung mit Projektleuten in erster Linie auf Selbstverteidigung.

Ein Mädchen aus Fleisch und Blut blickte von ihrem Schreibtisch auf, als Hook das Vorzimmer betrat. Sie verfügte immer noch über den größten Teil ihrer Schönheit, mit der sie einst ihr täglich Brot verdient hatte, nur hatte sie inzwischen wohl eine magische Grenze überschritten, so daß sie im Büro arbeitete. Sie legte den Kopf zur Seite und begutachtete Hook prüfend.

»Hmm. Ich weiß nicht, wie Sie an diesen Termin

gekommen sind, aber ich glaube, es wird schon reichen. Ziehen Sie sich aus!«

Auf dem Namensschild ihres Schreibtisches stand TAYNISS STETCHLEY.

»Nun, Tayniss Stetchley«, entgegnete Hook und streckte sich, »das mache ich nur, wenn Sie es auch tun!«

»Dafür besteht keine Notwendigkeit!«

»Ich bin hier, um Ladio zu sprechen und nicht, um mit nacktem Hintern den Helden zu spielen. Ich gehe jetzt hinein!«

Sie machte keinerlei Anstalten, ihn aufzuhalten. Statt dessen klingelte sie durch und sagte ins Mikrofon: »Ein Taynor Ramon Pagney!« Sie vermutete, Ladio habe diese Verabredung selber getroffen. Wie dem auch sein mochte, sie war abgesichert, denn Name und Termin standen im Notizbuch.

Ihr Gesicht hatte dennoch eine leicht rötliche Tönung angenommen. Die Angelegenheit kam ihr offensichtlich nicht geheuer vor.

Nach diesem kleinen Zwischenfall verließ Hook ihr Büro und gelangte problemlos zu Ladio.

Seine Räumlichkeiten waren luxuriös und bombastisch eingerichtet. Die mehr protzige als nützliche Beleuchtung erhellte neben Mobiliar im Rokokostil auch Blumentöpfe und Aquarien.

Ladio blieb sitzen, als Hook eintrat. Warum sollte er auch aufstehen? Er war hier das große Rad im Getriebe.

Hook blickte sich ganz zwanglos um. Seine erfahrenen Augen erkannten sofort, daß es sich bei dem Computer-Terminal an einem Ende von Ladios Schreibtisch um nichts Aufregendes handelte. Der große Kasten mußte woanders stehen. Es gab da noch drei Türen.

»Ich weiß wirklich nicht, wie du dir diese Verabredung zugeschustert hast, Pagney. Ich muß gleich weg, was willst du von mir?«

Nachdem Hook jetzt Ladios Aufenthaltsort ausfindig gemacht, sich die Anordnung seines Büros eingeprägt und die Sicherheitsvorkehrungen erkundet hatte, konnte er sich der nächsten Stufe seines Planes widmen.

»Ich brauch 'n Job, Ladio!« Er würde dem Gonil seinen wenig freundlichen Ton zurückgeben.

Ladio ächzte aus seinem Stuhl hoch. Er hatte Übergewicht, war kurzatmig, und die Haut unter seiner künstlichen Bräune wirkte kränklich fahl. Rote Äderchen zogen sich über seine Nase. Höchstwahrscheinlich war er lange überfällig, sich einer physikalischen Inspektion und damit verbundener Wiederanpassung zu unterziehen. In letzter Zeit hatte sich Hook bereits mehr als einmal über die Auswahlkriterien bei den Menschen, die zu Projektleuten werden sollten, gewundert.

»Wir haben im Moment keine freien Stellen!«

Hook verlieh seinem veränderten Gesicht einen glaubwürdigen Ausdruck schmerzlicher Überraschung.

»Aber ich dachte . . .«

»Du verschwendest meine Zeit. Jetzt zieh Leine!« Ladio drückte auf einen unter dem Schreibtischrand befindlichen Knopf. Einer Person, die nicht über Projektmann-Fähigkeiten verfügte, wäre dies sicherlich entgangen.

Bei den beiden Vollstreckern, die daraufhin den Raum betraten, handelte es sich eindeutig um Doorn. Daran gab es nicht den geringsten Zweifel. Sie sahen aus wie Gorillas in modischen Overalls. Ihre Gesichter strahlten vor freudiger Erwartung, endlich mal wieder ein paar Arme umdrehen oder vielleicht sogar einen Schädel einschlagen zu können.

»Werft ihn hinaus!« befahl Ladio.

Ryder Hook mußte sich furchtbar zusammennehmen, er war fest entschlossen, bei seinem Entschluß zu bleiben. Allerdings lechzte jetzt jede Faser seines Körpers danach, diesen Lumpen von einem Novamann zusammenzuschlagen, mit den Doorn abzurechnen und dann das zu tun, weshalb er eigentlich hergekommen war. Er behielt sich jedoch in der Gewalt und ging zur Tür.

»In Ordnung, Ladio, ich gehe ja schon!«

»Schafft ihn vom Gelände!«

»Zu Befehl, Novir!« Einer der Gorillas konnte tatsächlich sprechen!

Hook wurde, wie befohlen, vom Gelände geschafft. In diesem Zusammenhang beschränkten sich die beiden Vollstrecker allerdings darauf, ihn die Treppe hinunterzuwerfen. Er schlug unten auf und rollte ab, ohne sich dabei auch nur im geringsten weh zu tun. Dann nahm Ryder Hook die Sache in die Hand. Er konnte sich nicht mehr beherrschen.

Sein Pech, wenn Ladio ihn dabei beobachten würde — aber das war sehr unwahrscheinlich. Hook huschte in Höchstgeschwindigkeit, raste die Treppe wieder hinauf und trat jedem Doorn kräftig in den Hintern. Lange bevor sie, hilflos um sich schlagend, die Treppe herunterpolterten, war Hook bereits wieder unten und schlenderte in Normalzeit davon.

Ihre Schreie, als sie unten aufschlugen, erfreuten Hook, und das erinnerte ihn daran, wie kleinlich er sein konnte, wenn man ihn reizte.

Von einer Nische am Ende der Glaskuppel aus beobachtete er, wie Ladios Luftkissenwagen durch die transparente Röhre davonzischte. Dann versetzte er sich wieder in Höchstgeschwindigkeit und zischte in Ladios

Büro zurück. Die IRK-Schaltkreise in seinem Gehirn würde er dabei kaum benötigen, obwohl die Strecke durch Kontrollschirme abgesichert war. Kein menschliches Auge könnte jetzt seinen Bewegungen folgen.

Diese Schaltkreise könnten sich als nützlich erweisen, wenn er sich mittels der Werkzeuge aus seinem schwarzen Stiefel an den drei Türen in Ladios Büro zu schaffen machte.

Die erste Tür führte in ein Bad, während sich hinter der zweiten ein Schlafzimmer befand. Nachdem Hook auch die dritte Tür geöffnet hatte, stand er in einem Raum mit eindrucksvoller und hochentwickelter Computerausrüstung.

Wenn die Stu-End Studios vom Terminal im Büro aus geleitet wurden, dann war hier die Schaltzentrale der Projektleute für diesen Abschnitt des interstellaren Hinterwaldes.

In seinem jetzigen Zustand konnte sich Hook ohne weiteres in das System einschalten.

Er arbeitete die Checks in der richtigen Reihenfolge durch und fragte dann den letzten Lagebericht über das Gervase-Projekt ab.

Hook ließ sich in Normalzeit zurückfallen, um dem Computer die Möglichkeit zu geben, seinen Befehlen nachzukommen. Auf dem Gebiet des Gervase-Projektes ließ sich nur wenig in Erfahrung bringen. Projekt in der Entstehungsphase hieß es. Er versuchte verschiedene Muster und unterschiedliche Eingaben und landete jedesmal in derselben Sackgasse. Wer immer den Computer mit Informationen fütterte, war in bezug auf das Gervase-Projekt äußerst vorsichtig.

Er fragte den Stand des Ryder-Hook-Projektes ab.

Informationen sprudelten heraus.

Ladio war mit der Vorbereitung und Beschaffung für dieses Projekt betraut. Unter anderem lieferte er erzieherische Videos und Trainingsprogramme.

Hook nahm alle Einzelheiten begierig in sich auf. Schon bald wurde ihm klar, daß der Kernpunkt, die Zentralfigur fehlte. Das RHP beinhaltete zwei Aktionsarten. Die eine war die Ausbildung von Projektleuten, und die andere unterstand einer Devise mit dem Decknamen RHD.

So weit, so gut. Wenn das RH für Ryder Hook stand, dann könnte das D Devise bedeuten. Aber das erklärte ihm noch lange nicht, was es war oder was damit zusammenhing. Die Durchführung wurde auf einem Planeten namens Volstoss vorgenommen. Hooks Gedächtnis prägte sich die Koordinaten ein. RHD! Was, zum Teufel, führten die Projektleute nun im Schilde?

Die Informationen, die Hook jetzt abrufen konnte, bezogen sich selbstverständlich nur auf Ladios Verantwortungsbereich. Was dieser nicht zu wissen brauchte, würde er auch nicht erfahren.

Hook versuchte, alles, was der Computer über Volstoss liefern konnte, herauszuholen. Seine diesbezügliche Erfahrung mit den Novaleuten ließ ihn vermuten, daß man diese Welt sicher noch nicht im galaktischen Lexikon finden würde.

Hook fühlte sich ein wenig benommen, so, als habe er zu schnell zuviel getrunken und litte jetzt unter den Folgen. Die Art, wie er sich durch den Computerspeicher arbeitete, konnte man zwar nicht unbedingt wahllos nennen, aber es war auch nicht viel System darin zu erkennen. Was immer er dabei zu Tage brachte, deutete auf Ladios Verbindung mit dem RHP in bezug auf diese mysteriöse Devise, genannt RHD, hin.

Es widerstrebte Hook, den Ort verlassen zu müssen, ohne wenigstens ein bißchen Licht ins Dunkel gebracht zu haben, daher suchte er nach neuen Anknüpfungspunkten, um so vielleicht etwas bisher Unentdecktes enttarnen zu können. Fehlanzeige!

Zu guter Letzt schaltete Hook das Terminal ab und streckte sich. Dabei war er nicht sicher, ob er nun über das Ergebnis seiner Nachforschungen erfreut oder enttäuscht sein sollte. Körperlich fühlte er sich unwohl, was ihn leicht irritierte. Sein scharfes Gehör, über das Hook auch verfügte, wenn er sich nicht in Höchstgeschwindigkeit befand, meldete ihm, daß jemand die Außentür des Büros öffnete. Wahrscheinlich machten die Wachposten ihren Kontrollgang. Es war höchste Zeit, zu verschwinden.

Er wollte sich in Höchstgeschwindigkeit versetzen.

Doch eine Kleinigkeit ging schief. Er konnte sich nicht in Höchstgeschwindigkeit versetzen.

Hook verblieb so, wie er war — in der Normalzeit.

Er fühlte sich betrogen und verärgert, war jedoch viel zu erschöpft, um sich richtig aufzuregen.

Der Schweinehund Ladio mußte sich in seinem Luftkissenwagen außer Reichweite entfernt haben, wobei der Entzug seiner Energie bei Hook so langsam und heimlich vonstatten ging, daß dieser, während er sich vollkommen auf die Computerinformation konzentrierte, überhaupt nichts mitbekommen hatte. So etwas hatte er noch nie erlebt. Kein Wunder, daß ihm benommen und schwerfällig zumute war.

Die energischen Schritte, mit denen die Wachposten das Büro durchquerten, schreckten ihn auf. Er war nur noch ein normaler Mensch, ohne die phantastischen Eigenschaften eines Projektmannes. Die Schritte erklangen im Trio.

Drei Doorn, professionelle und erbarmungslose Killer, waren dort draußen, und die Tür zum Computerraum stand halb offen.

Als Hook sich erhob und herumdrehte, ertönte eine bedrohliche Stimme: »Hey! Da ist eine Tür offen! Eindringlinge!«

Eine zweite Stimme echote: »Ja, Eindringlinge! Puste sie weg!«

10. Kapitel

Diese drei Doorn schienen die Absicht zu haben, erst zu schießen und dann zu fragen, allerdings vorausgesetzt, daß dann noch genug vom Eindringling übrig war, um antworten zu können.

Sicher vermuteten sie, daß man ihre Worte und Schritte im Nebenraum nicht hören konnte. Mit ihrem eigenen Gehör gemessen, schlichen sie äußerst leise zur Tür. Um sich feuernd, stürmten sie das Zimmer.

Das kam Hook äußerst gelegen.

Der erste, der auf der Bildfläche erschien, gehörte zu den beiden, die Hook aus den Studios geworfen hatten. In Windeseile streckte Hook die Hand aus, griff nach der Pistole und entriß sie seinen Fingern. Unterdessen schoß die andere Hand vor und landete im Brustkorb des Doorn.

Der Bursche stieß ein keuchendes Brüllen aus und verlor taumelnd die Balance. Hook, der sich hinter der Tür versteckt hatte, drehte einfach die Pistole herum und schoß nun seinerseits blind durch die Türfüllung.

Diese Vollstrecker waren keine gewöhnlichen Wachposten, es waren Doorn. In dem Augenblick, als Hook den ersten von ihnen niederschlug, mußten die beiden anderen reagiert haben.

Hook hörte einen unterdrückten Schmerzensschrei, und schon im selben Moment wurde das Feuer von der anderen Seite massiv erwidert.

Plötzlich zuckte ein stechender Schmerz durch Hooks linken Oberarm.

Er biß die Zähne zusammen. Es war ein Gefühl, als risse man ihm die Haut vom Knochen. Seine Schutzkleidung aus Metallgewebe hatte diese Verwundung nicht verhindern können.

Hook ging in die Knie, um sich die Pistole zurückzuholen, und schoß erneut. Danach warf er sich flach auf den Boden, wobei nur Kopf und Schultern hinter dem Türpfosten hervorlugten. Er hatte noch eine Chance. Der übriggebliebene Doorn erspähte Hook, stieß einen mörderischen Schrei aus und richtete seine Pistole aufs Ziel. Er war nur etwas zu langsam.

Hooks Schuß paßte genau. Er riß dem Mann den Arm mitsamt der auf Hook gerichteten Waffe weg.

Auch Hook meinte, sein eigener Arm hinge nur noch an einigen wenigen Sehnen.

Er holte tief Luft und richtete sich langsam auf. Die Waffe des Doorn ließ er dabei zu Boden fallen. Umständlich öffnete er das Vorderteil seiner Schutzkleidung und schob seinen Arm unter großen Mühen in die so entstandene Behelfsschlinge.

Der Tumult würde sicher unmittelbare Aktionen nach sich ziehen. Der Kampf hatte zwar nur einen kurzen Augenblick gedauert, doch dürften die anderen Wachposten bereits auf dem Weg sein.

Dieser Zwischenfall hatte Hooks Plan ernsthaft gefährdet. Er hatte die Geheimnisse der Novaleute lüften wollen, ohne daß Ladio davon Kenntnis erhielt. Wenn jetzt die drei Leichen auf der Schwelle zum Computerraum entdeckt wurden, würde Ladio daraus sofort schließen, daß seine Aufzeichnungen abgefragt worden waren.

Hook wünschte sich jedoch inständig, ohne Vorankündigung nach Volstoss gehen und dort endlich mehr ausfindig machen zu können.

In seiner Eigenschaft als Projektmann würde Ladio unter diesen Umständen sofort einen Warnruf ertönen lassen.

Der Schmerz in Hooks Arm ließ nach und verschwand schließlich ganz. Zweifellos würde er ihm bald abfallen. Hook ließ sich neben einem Doorn auf die Knie nieder und schob den Ärmel am rechten Handgelenk des Burschen hoch. Jawohl! Wie erwartet, fand er dort eine Delling vor. Sehr praktisch . . .

Hook, der ganz plötzlich erneut gegen heftige Schmerzen ankämpfen mußte, feuerte die Delling dreimal ab, wobei der letzte vernichtende Schuß den Fuß des Waffenbesitzers traf.

Hook zog sich so schnell er konnte zurück.

Die drei Widerlinge lösten sich auf, zerschmolzen, schrumpften und endeten schließlich als drei Pfützen, die trockneten und im Nichts verschwanden.

Hook atmete tief durch und ging dann in den Computerraum zurück, wo er sich prüfend umsah. Alles schien bestens in Ordnung. Anschließend ging er in Ladios Büro, wobei er sich — so geschwind wie möglich — in Normalzeit bewegte.

Die Beseitigung der nicht-organischen Überbleibsel

bedurfte äußerster Sorgfalt. Der Müllschlucker nahm sie auf, und Hook meinte, daß man diesem Raum, wenn nicht gerade spezielle Suchgeräte verwendet würden, in spätestens einer Stunde überhaupt nichts mehr anmerken könnte.

Selbstverständlich verfügte er immer noch über einen Schutz gegen das Kontrollsystem. Die IRK-Schaltkreise in seinem Gehirn waren imstande, den Empfang so lange zu stören, bis er sich vorbeigeschlichen hatte. Er fühlte sich schrecklich benommen, alles verschwamm vor seinen Augen. Der Schmerz drohte ihn fast zu übermannen.

Die Schmerzen blieben nicht konstant. Sie wurden zeitweilig schwächer, um dann wieder mit bestialischer Grausamkeit zuzuschlagen. Es war ein ständiges Kommen und Gehen, bis der Arm fast gefühllos war.

Bevor Hook Ladios Büro verließ, warf er noch einen prüfenden Blick in die Runde. Nachdem er nichts Auffälliges erkennen konnte, ging er hinaus.

Welch ein Pech!

Tayniss Stetchley saß nicht an ihrem Schreibtisch. Hook wäre sehr erfreut gewesen, sie dort zu sehen. Er ging den überkuppelten Korridor entlang. Eines der Tonstudios beendete gerade seine Aufnahmen, und eine Menge Leute strömte hinaus, einer Pausenhalle entgegen. Auch Hook machte sich dorthin auf den Weg, guckte sich unter den Anwesenden eine Person aus, die ihm geeignet schien, und ging schnurstracks auf sie zu.

Sie war vollbusig und matronenhaft, mit einem verwelkten Gesicht und künstlichen Haaren, die mehr Pflege bedurft hätten, jedoch ihre Augen blickten sehr freundlich, und Hook hoffte, sie richtig eingeschätzt zu haben. Sie trug einen Kasten mit sich herum, der wahrscheinlich Schminkutensilien enthielt.

»Bitte entschuldigen Sie, daß ich Sie störe«, sprach er sie an und deutete mit dem Kopf auf seinen Arm in der Behelfsschlinge. »Aber ich hatte einen kleinen Unfall.«

Sie vergeudete keine Zeit mit überflüssigen Worten, sondern kräuselte nur die Lippen, warf einen Blick auf den Arm und sagte: »Kommen Sie!«

Mit eiligen Schritten wanderten sie den Korridor entlang, wobei sich Hook sehnlichst wünschte, daß sie der Erste-Hilfe-Station und nicht der Arrest-Zelle entgegenstrebten.

»Was ist passiert? Ich kenne Sie nicht, oder?«

»Ganz richtig! Ich hatte Probleme mit Hochspannungsgeräten. Mein Name ist Ramon Pagney. Taynor Ladio stellte mich erst heute ein, und jetzt sehen Sie mich nur an!«

»Ach, machen Sie sich nichts draus, Taynor Pagney. Das kriegen wir schnell wieder hin. Es ist allerdings schon eine häßliche Wunde.«

Hook gestattete sich ein erleichtertes Aufseufzen, als sie beim Erste-Hilfe-Raum ankamen. Er dachte sich schon, die richtige Wahl getroffen zu haben, aber man konnte ja nie wissen. Sie befahl dem Sanitätsroboter, die Wunde sofort zu versorgen. Wenig später war Hooks Arm verbunden, lag in einer richtigen Schlinge, und die Schmerzen ließen ebenfalls nach.

»Ich muß darüber einen Bericht machen, Sir!« Der Sanitätsroboter hatte den Arm versorgt und wandte sich seiner Konsole zu. »Nähere Einzelheiten?«

»Hochspannungsgeräte«, entgegnete Hook. »Ich habe nur einen Augenblick nicht aufgepaßt, und da . . .«

»Dann werden Sie keine Schadensersatzforderungen stellen?«

»Vermutlich nicht.«

»Die Verwundung ist eigentlich wirklich nicht schwer, obwohl sie Ihnen als Mensch das, was man Schmerzen nennt, bereiten muß. Ich versichere Ihnen mein Mitgefühl, Sir. Ich lege es nur zu den Akten, und wir vergessen alles weitere. Ist es Ihnen so recht?«

Der Novamann hatte sie fest im Griff, das war deutlich erkennbar.

»Sehr recht! Vielen Dank, Blechmann.«

»Ich bin heilfroh, daß es so glimpflich verlaufen ist«, meinte die Frau. Sie nahm ihren Schminkkoffer auf. »Sie müssen mit den Geräten hier sehr vorsichtig sein!«

»Ja, das werde ich mir merken.« Er wandte sich an den Sanitätsroboter. »Ich möchte hier kein Aufsehen erregen. Vielleicht brauchst du es auch nicht in den Akten zu vermerken?«

»Wenn Sie keine Forderungen stellen werden . . .«

»Werde ich nicht!«

»In dem Falle, Sir, ist das sicher wirklich überflüssig. Dieser Planet verfügt nicht über ordentliche Richtlinien, an die wir Sanitätsroboter gewöhnt sind. Das hängt sicher mit der Verwahrlosung der menschlichen und der Robotergesellschaft zusammen, vermute ich.«

»Vermutlich!«

»Während mein einziges Interesse dem Wohlergehen der Menschen gilt, sehe ich dennoch zwangsläufig einen gewissen Nutzen in der Bewegung, die man ›Roboter voraus‹ nennt. Nicht, daß ich mich selbst beteiligen würde, wenn Sie verstehen, was ich meine.«

»Unbedingt«, entgegnete die Dame frostig.

Hook ergriff das Wort und meinte: »Nochmals vielen

Dank, Blechmann. Ich mache mich jetzt auf den Weg.« Der Dame schenkte er sein bezauberndstes Lächeln: »Vielen Dank auch Ihnen, Sie sind ein Engel!«

Aufrecht marschierte Hook davon, während er den Arm vorsichtig in der Schlinge ruhen ließ. Ja, es gab wirklich nette Leute im Mahlstrom glitzernder Sterne, und einige von ihnen arbeiteten sogar für die Novaleute.

Die Zeit verging jetzt im Nu, und Hook meinte, er sollte sich besser eine Übernachtungsmöglichkeit suchen.

Erleichtert verließ er die Stu-End Studios.

Hook durchdachte seine Entscheidung, Ladio weiterhin das Atmen zu gestatten. Wenn er erst einmal herausgefunden hatte, was das RHP und dessen Ableger RHD sein könnten, sähe die Sache vollkommen anders aus.

Hook fand ein kleines, unbedeutendes Hotel und nahm sich dort ein Zimmer. Während der Nacht weckte ihn ein Ruf von Vanda auf. Sie berichtete, alles sei bestens in Ordnung, und sie habe gerade zu ihrer größten Freude eine Zwanzig im Starlight Run geschlagen.

Nach dieser Botschaft schlief Hook wesentlich besser.

Am nächsten Tag reiste er zweiter Klasse nach Okamoto und konnte es unterwegs kaum erwarten, zum Liegeplatz der *Fire Daisy* zu gelangen. Vanda hatte von ihrer sicheren Ankunft berichtet und gleichzeitig mitgeteilt, daß sich niemand an Bord befand.

Endlich beim Raumschiff angekommen, verschloß er die Luftschleuse hinter sich und ging auf direktem Weg zum Kontrollraum.

»Nun, Captain? Was sollte das ganze Theater?«

Hook ging einfach weiter. Er beantwortete auch ihre Frage nicht. Dann nahm er Vanda in seine Arme und küßte sie. Er küßte sie innig und sehr, sehr leidenschaftlich. Als er schließlich einen Schritt zurücktrat, erkannte er, daß auch Androiden erröten können.

»Das heißt also, du wirst es mir nicht erzählen! Und es war versprochen!«

Im Innern des Schiffes, wenn niemand außer Hook sie sehen konnte, trug sie eine leichte, fast durchsichtige Bluse und atemberaubend enge Shorts. Hook fiel wieder einmal auf, wie umwerfend gut sie aussah. Ihre Haare waren zur Zeit kastanienbraun und die Augen grün. Er schüttelte den Kopf.

»Ich werde es dir erzählen, Vanda. Lege den Kurs zu einer Müllhalde mit Namen Volstoss fest. Hier sind die Koordinaten. Ich glaube nicht, daß sie in den Sternenkarten aufgeführt stehen.«

»Geht in Ordnung!«

Sie bewegte sich zwar mit ruhiger Konzentration, dennoch erweckte allein ihre Gegenwart auf der Brücke in Hook das Gefühl, er spiele mit dem Feuer. Er war sich ihrer Anwesenheit in einer ihm bislang unbekannten Weise bewußt. Tunlichst achtete er darauf, alles streng geschäftlich zu halten, das Schiff ordnungsgemäß zu überprüfen, den Kurs festzulegen, auf Starterlaubnis zu warten und dann, so schnell es ging, abzudüsen. Die *Fire Daisy* schoß durch den Hyperraum und somit durch die andere Dimension zwischen den Sternen.

Als Vanda ankam, waren Mandville und Jevers nicht an Bord gewesen. Sie hatten eine Notiz hinterlassen, die besagte, Masayoshi Ishikawa habe Kontakt zu ihnen aufgenommen, um ihnen ein Angebot zu machen, und sie seien nach Macinski abgereist, um ihn dort zu treffen. Arbit Kasdun sei willkommen, sich ihren Plänen anzuschließen.

»Die führen eine Gaunerei im Schilde«, murmelte

Hook. »Aber sie sind keine schlechten Kerle, wenigstens einige von ihnen nicht!«

»Nun los, Captain, du kannst mir jetzt endlich erzählen, was jetzt vorgeht . . .«

»Ja! In Ordnung, mache ich!«

»Nun?«

Und er erzählte es ihr.

11. Kapitel

Hook jagte seinen kleinen zweisitzigen Flieger über die öde Landschaft. Er riß ihn von einer Seite zur anderen, schoß empor und sank wieder hinunter, wobei er die verrücktesten Zick-Zack-Figuren beschrieb. Mörderische Energiestöße rauschten an ihm vorbei. Einige kamen ihm so nahe, daß sein Flieger unter den Turbulenzen und elektromagnetischen Entladungen erzitterte. Eine Höhenflosse hing geschwärzt und zerschmolzen herab.

Schweißperlen glänzten auf Hooks Gesicht. Er starrte auf die Kontrollanzeigen und kostete sein Geschick als Pilot bis zur Neige aus. Der Gestank verschmorender Isolierungen gab unmißverständlich zu erkennen, über welch mächtiges Energiepotential die auf ihn gerichteten Waffen verfügten.

Die beiden ihn verfolgenden Flieger waren bewaffnete Streifenmaschinen. Ein Volltreffer ihrer Waffen, und sein kleines Spielzeug würde vom Himmel gefegt.

Genau vor ihm, jenseits des felsigen Gebietes, bot eine Böschung ein wenig Hoffnung auf ein mögliches Entkommen.

Etwa zweitausend Meter fiel die Kante des Felsmassives steil hinab. Dort unten wucherte Volstoss' tropischer Regenwald. Wenn er dem kleinen Flieger nur ein paar mehr Knoten Geschwindigkeit entlocken und da hinuntertauchen könnte, bestünde die Chance, in der üppigen Vegetation zu verschwinden.

Grünliche Lichtblitze zuckten an seiner Backbordseite vorbei, worauf er den Flieger instinktiv dorthin schwenkte. Die folgenden Angriffe wurden dann in die Richtung gelenkt, die er gerade verlassen hatte und rauschten an der Steuerbordseite vorbei.

Die Tarnausrüstung seines Fliegers funktionierte noch. Die bewaffneten Streifenmaschinen besaßen zwar hochentwickelte Sensoren, jedoch entsprach Hooks technische Ausrüstung einem höheren technischen Niveau. Wäre das nicht der Fall gewesen — Ryder Hook hätte sich als Feuerball verabschieden müssen.

Als er seine Maschine gerade noch hochreißen und so einem Energiestoß, der jetzt wirkungslos unter ihm entlangschoß, ausweichen konnte, löste sich ein Teil der vor Hook liegenden Landschaft in einer Wolke von Schutt auf. Er ließ nicht locker, überlistete die Kontrollen, riß die Maschine im Zick-Zack-Kurs wieder herunter und spürte plötzlich den Schlag eines Treffers irgendwo achtern. Wahrscheinlich mußte eine weitere Höhenflosse als geschwärzter Schrott abgeschrieben werden.

Die winzige Kabine füllte sich mit Qualm. Die Notbelüftung schaltete sich automatisch ein, rumpelte wie eine Ladung Blechdosen auf Plastersteinen und erstarb dann gleich wieder.

Hooks Augen brannten und füllten sich mit Tränen. Fast blind starrte er voraus, schüttelte den Kopf, kämpfte gegen Übelkeit an. Unter ihm spulte sich der Boden wie ein zu schnell laufender Film ab.

Sofort machte sich Hook über die Kontrollen her, woraufhin der Flieger seitwärts schwenkte und bleiern nach unten stürzte.

Aufheulend durchschnitt die Maschine die Luft, trudelte wie wild über die Kante der Böschung auf den darunterliegenden Regenwald zu.

Das rettende, modrig grüne Schutzdach näherte sich — nach Hooks Meinung — nur furchterregend langsam. Er bearbeitet die Kontrollen, konnte dabei die Maschine gerade noch zur Seite reißen, bevor zwei grüne Lichtblitze vorbeizischten.

Die Schweinehunde hinter ihm gaben nicht auf. Hook erwartete das eigentlich auch nicht. Sie waren Doorn.

Er ließ sich weiter nach unten fallen, schwenkte dabei gelegentlich mal zur einen, dann wieder zur anderen Seite, in der Hoffnung, die Zielrichtungen der ihn verfolgenden Flieger korrekt abgeschätzt zu haben. Sie trafen ihn erneut, und seine Maschine purzelte Bug über Heck nach vorn, als habe ihr jemand mit einem Stiefel ins Hinterteil getreten. Glasscherben übersäten die Pilotenkanzel. Ein herumfliegender Splitter blieb in Hooks Wange stecken, die daraufhin zu bluten begann.

Die Anzeigen erglühten förmlich in Rot, blinkten ihm dramatisch zu und verkündeten des Tod seines kleinen Fliegers.

Die Tarnausrüstung versagte stotternd ihren Dienst, und auch diese Kontrolltafel wies nur noch rote Lämpchen auf. Hook schaltete fluchend das Notaggregat ein. Die roten Anzeigen flackerten, wurden bernsteinfarbig mit einigen traurigen grünen Flecken. Dieser Flieger war fertig.

Wenn er doch nur noch durchhalten würde, bis Hook am Schutzdach angekommen war!

Ein weiterer Energiestoß ließ die Maschine wie ein feuriges Fohlen springen, dem jemand die Sporen gegeben hat. Inzwischen würde nur noch ein Schrotthaufen den rettenden Schutz der Bäume erreichen. Und dennoch war es den Doorn immer noch nicht gelungen, ihn mit einem Volltreffer komplett wegzupusten.

Schwarze Rauchwolken zogen durch die Pilotenkanzel. Spiralförmig, wie die Blätter einer fleischfressenden Pflanze in einem fremdartigen Alptraumdschungel, verteilten sie sich dort und versperrten die Sicht. Sie drangen Hook in die Nase, doch es gelang ihm, sich ihrer keuchend, hustend und niesend zu entledigen, bevor sie seiner Lunge Schaden zufügen konnten. Der Eindruck eines Alptraumdschungels hielt an, als sich Hook mühsam vom Pilotensessel erhob und sich durch den schwarzen Rauch kämpfte. Wenn er hier herauskäme, könnte er es sicher auch mit einem fremdartigen Dschungel aufnehmen.

Der Flieger brannte jetzt lichterloh. Er war nicht mehr zu kontrollieren.

Das Flugzeug hatte keinen Kontrollraum, und auch der Pilotensessel war nur ein größerer Schalensitz. Hook neigte dazu, in der Größenordnung von Raumschiffen zu denken.

Die kleine Maschine drohte brennend auseinanderzufallen, dennoch wurde weiterhin unablässig auf sie geschossen. Der beißende Geruch und die dichten Qualmwolken malträtierten Hooks Nase und Rachen. Tränen rannen ihm aus den Augen.

Ein Vorteil blieb ihm noch. Wenn er jetzt hinaussprang, landete er wenigstens nicht im Vakuum.

Er wendete seine Raumfahrttechniken an, um hinauszugelangen.

Das Schutzdach stellte kein Problem mehr da, es war schon vor längerer Zeit zerschossen worden. Hook überprüfte seinen Antigrav-Pack und zog sich an den zerfetzten Überresten einer Stützverstrebung hoch. Der automatische Schleudersitz versagte seinen Dienst. Er würde sich manuell aus dem Flugzeug befreien müssen.

Hook hatte inzwischen keinerlei Vorstellung mehr von seiner Geschwindigkeit. Nach konventioneller Schätzung könnte der Sturz die Böschung hinab nicht länger als zehn bis fünfzehn Sekunden dauern. Sollte die Maschine aufschlagen, bevor ihm der Absprung gelang — adieu, Ryder Hook, auf ewig.

Die heftige Bewegung der Maschine hielt ihn zurück. Er kämpfte gegen eine verdammte Menge g's an. Mit aller Kraft riß er sich hoch, stellte sich auf seine alten schwarzen Stiefel und stürzte sich hinaus. Wie ein Jockey, dessen Pferd vor einem Wassergraben verweigerte, schoß er Hals über Kopf davon. Er ließ sich vom Schwung tragen und versuchte, sich dabei möglichst weit vom abstürzenden Wrack zu entfernen. Zwei grünliche Lichtblitze schoßen so nahe an ihm vorbei, daß er deren Hitze spüren konnte. Durch das Rudern seiner Arme und Beine brachte er seinen trudelnden Körper annähernd unter Kontrolle. Er saß in einer teuflischen Klemme. Die Bäume, deren Zweige wie grüne Gehirnwindungen aussahen, waren so verdammt nahe.

Endlich gelang es Hook, seinen Antigrav-Pack anzuschalten, und sein freier Fall wurde aufgefangen. Von seinem Flieger war nur mehr eine qualmende, lodernde Masse übrig, die zwischen die Bäume donnerte und sofort von Blättern und modrigen Schleiern umfangen wurde.

Hook schaltete seinen Antigrav-Pack wieder ab und fiel schneller. Mit unglaublichem Geschick steuerte er auf eine Lücke zwischen den Bäumen zu.

Die Doorn dort oben in ihren kreisenden Maschinen schickten noch etliche Energiestöße hinunter, die die Bäume Feuer fangen ließen und einen Teil der Vegetation vernichteten. Hooks schwarze Stiefel streiften Blätter und Zweige. Er hielt sich die Arme vors Gesicht und ließ sich weiter fallen. In dem Augenblick, als sich das blendende tropische Licht in grüne Schummrigkeit verwandelte, schaltete er seinen Antigrav-Pack wieder ein und suchte nach einem sicheren Aufenthaltsort.

Ein dicker Zweig bot sich ihm als Sitzplatz an. Nachdem Hook überprüft hatte, ob irgendwelche haarigen oder schuppigen Monster diesen Ort für sich beanspruchten, ließ er sich darauf nieder. Er zitterte und schauderte zwar nicht, wußte aber, daß es dafür eigentlich Grund genug gab.

Bei Kapitän Dangjoos verfluchter Holzklaue! So haarscharf sollte es möglichst nicht des öfteren zugehen.

Hook wußte nicht, wieviel die Doorn von seinem rettenden Sprung mitbekommen hatten. Eine Weile noch fuhren sie fort, auf den Flieger — oder besser, was von ihm übriggeblieben war — zu schießen. Dann zuckten keine grünen Lichtblitze mehr zwischen den Bäumen auf, und nach einer gewissen Wartezeit ging er davon aus, daß die Doorn aufgegeben hatten und zu ihrer Zitadelle auf dem Berg zurückgeflogen waren.

Er holte tief Luft.

Eines hatte Hook bei der Erkundung das Novamann-Unternehmens auf Volstoss entdeckt. Sie ließen niemanden, gleichgültig wer man war, in dic Nähe ihrers Domizils auf der Bergspitze. Die Festung, die sie dort auf den Ruinen einer alten, religiösen Kultstätte errichtet hatten, sah wirklich eindrucksvoll aus. Der verdammte Ort wurde verteidigt wie eine Burg. Nüchtern betrachtet, konnte Hook von Glück sagen, mit dem Leben davongekommen zu sein.

Dennoch mußte er irgendwie hineingelangen. Hinter diesen Mauern, davon war er inzwischen felsenfest überzeugt, verbargen sich die Lösungen der Rätsel RHP und RHD.

Um Vanda nicht zu beunruhigen, rief er sie erst dann über die IRK-Schaltkreise in seinem Gehirn, nachdem er seine Fassung vollständig wiedererlangt hatte. Sie schien darauf gewartet zu haben, denn sie antwortete sofort.

In knappen Worten schilderte er ihr das Fiasko seiner Erkundung. »Du solltest besser herüberfliegen und mich abholen, Vanda.«

»Das werde ich sofort tun, Captain. Aber was ist mit deiner besonderen Fähigkeit, schneller als die anderen zu sein? Konnte sie dir nicht helfen?«

Hook schnaufte verächtlich. »Ich vermute, es hält sich kein Projektmann hier auf dem Planeten auf.«

»Oh!«

»Beeile dich. Ich sehe gerade, daß ein widerliches Raupentier von etwa fünfzehn Metern Länge den Baumstamm heraufgekrochen kommt. Wenn es mich zum Mittagessen eingeplant hat, wird es sich etwas anderes ausdenken müssen.« Hook zog seine Energiepistole.

Vandas Stimme nahm sofort einen angstvollen Unterton an.

»Captain! Paß auf dich auf! Ich bin schon unterwegs!«
»Ich warte!«
Hook ließ das schlangenähnliche Ungeheuer, das sich nach wie vor zielstrebig zu ihm heraufarbeitete, nicht aus den Augen.

Es lag nicht in seiner Absicht, auf irgendeinem Planeten Leben zu zerstören. Dieser riesige Wurm lebte hier und betrachtete jede andere Lebensform mit Fug und Recht als willkommenen Leckerbissen. Vom ökologischen Standpunkt aus wäre es nicht fair, dieses arme Ding einfach mit einer Energieladung wegzupusten.

Hook wartete, bis das Schlangenwesen näher herangekommen war. Der Körper glänzte gelb und grün, wobei orangefarbene Streifen eine gute Tarnung boten. Am vorderen Ende konnte Hook ein paar eindrucksvolle Reißzähne erkennen. Auch fielen ihm eine Vielzahl Krallenfüße an kurzen kräftigen Beinen auf, die dem Tier Halt und Bewegungsmöglichkeit zwischen den Bäumen boten. Es war so groß, daß sich Hook zu fragen begann, ob es die Bäume auch unter normalen Umständen derart weit hinaufkletterte. Vielleicht hatte es seinen ökologischen Lebensraum verlassen und jagte in fremden Revieren.

Hook steckte die Pistole weg. Was immer der Grund sein mochte, er würde diesem Wesen nicht den Kopf wegschießen, nur weil er dazu imstande war.

Er aktivierte statt dessen seinen Antigrav-Pack und schwang sich sanft zum nächsten Baum hinüber.

Der Schlangenkopf, eine keilförmige Vernichtungsmaschine, reckte sich empor. Funkelnde Augen in Grün und Rot starrten hinter Hook her. Ohne Schwierigkeiten konnte er die nackte Wut darin erkennen.

Dann begann dieses verdammte Ding, sich zu einem

querliegenden Ast, der Verbindung zu den Zweigen von Hooks neuem Baum hatte, vorzuarbeiten.

Vandas Stimme durchzuckte sein Gehirn.

»Captain! Ich bin fast da! Du . . .«

»Ich komme herauf, Vanda. Laß du nur die Sensoren mit voller Leistung laufen.«

»Meinst du wegen dieser schrecklichen Doornleute?«

»Schrecklich ist geschmeichelt.«

Hook blickte zum Raupentier hinüber, das sich zielstrebig die Zweige entlang schob.

»Mach's gut!« Sein Antigrav-Tornister hob ihn sanft in die Höhe, wobei er mit aufmerksamen Augen seine Umgebung begutachtete, bis er das grüne Schutzdach hinter sich ließ. Nebelschwaden zogen darüber hinweg, und die *Fire Daisy* kam wie ein grauer Geist auf ihn zu.

Hook unterdrückte aufkeimende Panik. Er hatte erwartet, daß Vanda ihn mit dem zweiten geliehenen Flieger abholen würde. Falls die Doorn über Sensoren von genügender Reichweite verfügten, konnten sie höchst ungemütlich werden. Er schoß hinauf und strebte dem Kutter entgegen.

»Ich sehe dich, Captain!«

Das Ventil der Luftschleuse öffnete sich.

Hook glitt hinein und kam mit routinierter Präzision am Boden auf. Das Ventil glitt an seinen Platz zurück.

Als Hook die Luftschleuse passierte und in den Kontrollraum ging, sah er dort Vanda auf dem Pilotensessel sitzen, Silber-Sam überprüfte die Sensorkontrollen, und auch die restliche Robotermannschaft war einsatzbereit anwesend.

Hook ging bei diesem Anblick etwas durch den Kopf, das er tunlichst für sich behielt. Er dachte: »Ihr seid ein so gut eingespielter Haufen, ihr braucht mich eigentlich gar nicht!«

»Ich freue mich, Sie lebend wiederzusehen, Captain«, sagte Silber-Sam. Hook warf ihm einen fast altmodischen Blick zu.

»Danke, Blechmann! Ich habe Glück gehabt!«

»Du solltest besser nicht solche Risiken eingehen«, tadelte Vanda ihn. »Wohin jetzt?«

»Macinski«, antwortete Hook und ging zum Bordcomputer hinüber, um die Koordinaten einzugeben.

12. Kapitel

»Yeah, das stimmt«, sagte Jevers und schnippte nervös mit den Fingern. »Wir haben den Job erledigt. Du bist ein paar wichtige Parsecs zu spät, Kasdun!«

»Ganz richtig«, bestätigte Mandville. »Schon als Knirps von zehn Jahren habe ich gelernt, auf mich selbst aufzupassen. Ich brauche niemanden.« Dann starrte dieser Baum von einem Kerl Hook unter seinen buschigen Augenbrauen hindurch an. »Trotzdem, Kasdun, ich glaub' schon, daß du und Jevers keine schlechten Kumpels seid!«

Hook atmete tief durch und streckte die Hand nach seinem Orangebier aus. Um sie herum in Kitty Malones Nachtbar ›Zum freien Fall‹ herrschte munteres Treiben, denn die Typen von Alman ließen auch nachts nichts anbrennen. Tänzer wirbelten durch die Luft, glitzernde Roboterkellner bahnten sich geschickt ihren Weg durch die Menge. Lachen, Musik und Alkoholdunst erfüllten die Luft. Wenn man sich auf dem Planeten Macinski aufhielt und mal etwas erleben wollte, dann schnell, schnell, nichts wie hin nach Alman, wo man sich sofort den Weg zu Kitty Malones Nachtbar ›Zum freien Fall‹ beschreiben lassen sollte.

Vanda meinte: »Dann weißt du also nicht, wohin die anderen gegangen sind?«

»Ganz richtig, Lady!«

Hook vermutete, daß diese beiden Vanda nicht als Androidin erkannt hatten. Mit ihren kastanienbraunen Haaren und den grünen Augen sah sie wirklich großartig aus. Dabei trug sie ein elektrisierendes blaues Kleid, das den Männern Stielaugen bescherte.

Zuerst waren Mandville und Jevers bei ihrem Anblick fast zusammengeschreckt, aber jetzt hörten sie ihr mit großem Respekt zu und betrachteten diesen Arbid Kasdun offensichtlich als großen Glückspilz.

»Das ist wirklich ärgerlich!« Hook hielt seinen Mißmut in Grenzen, er wollte sich keinen diesbezüglichen Zorn gestatten. »Wir hätten da ein kleines Ding zusammen drehen können. Ist auch 'ne Menge dabei zu holen!«

Auf seine schwerfällige Art murmelte Mandville: »Wir sind immer interessiert. So wie wir jetzt leben, haben wir unsere Knete in ein paar Wochen auf den Kopf gehauen.«

»Springt viel dabei raus?« Jevers rieb seine Finger aneinander. Ein wahres Energiebündel, dieser kleine Kerl, habgierig bis auf die Knochen.

Der Kern des Teams, das Hook zu rekrutieren gehofft hatte, war in alle Winde verstreut. Pech gehabt . . . Hook beschloß, den Versuch dennoch zu starten, einfach um die Reaktion zu erkunden. Er fand den Plan gut und weigerte sich, ihn so ohne weiteres fallenzulassen. Diesen netten Spitzbuben entging dadurch vielleicht ein großes Vermögen.

»Gewiß! Würde selbst für eine große Meute reichen. Aber, wer weiß, wozu es gut ist, daß sie gar nicht hier sind!«

»Oh!«

»Sicher. Ist 'ne harte Kiste. Dafür braucht man schon einen Haufen echter Profis.« Hook hielt inne, und bevor sich die beiden hitzig zu Wort melden konnten, fügte er hinzu: »Ich meine, die als richtiges Team zusammenarbeiten.«

Mandville und Jevers bissen offensichtlich an, während Hook unbeirrt fortfuhr: »Hab' mir das Zielobjekt schon mal angesehen. Diese Syphilitiker haben mir meinen Flieger weggepustet und den Hintern angesengt, das kann ich euch sagen! War Glück, lebend rauszukommen. Nee, nee! Die Zitadelle ist ein paar Nummern zu groß für euch!«

Jevers fing vor Aufregung fast zu spucken an, als er sagte: »Hör mal, Kasdun, wir sind aber nicht zimperlich!«

»Richtig!« bestätigte Mandville heftig nickend.

»Als ich nach Leontini zurückkam«, meinte Hook mit besonderer Betonung, sehr wohl wissend, ihre Achillesferse zu treffen, »habe ich schnell mal einen Blick zum Zentralgefängnis geworfen. Es ist noch da!«

»Das war keine Profiarbeit.« Jevers klopfte mit seinem knöchrigen Zeigefinger auf den Tisch. »Sondern pure Dummheit!«

»Schon möglich!«

»Dieses Zielobjekt . . .« Mandville hielt seinen Groll so weit im Zaume, daß er noch normal sprechen konnte, hatte allerdings schon Mühe dabei. »Erzähl uns mehr darüber. Wachposten, Zugänge, du weißt schon!«

»Wenn du es allein versuchst, endest du sofort als Sternenstaub. Man braucht schon ein erstklassiges Team, um da überhaupt reinzukommen!«

»Dann bringen wir eben eins auf die Beine«, beschloß Jevers.

Mit dem Ausdruck holder weiblicher Unschuld, weit aufgerissenen Augen und geröteten Wangen flötete Vanda: »Könnten Sie das tun?«

»Leicht!« rief Mandville überschwenglich aus.

»Nun, ja . . .«, wand sich Jevers unbehaglich.

Hook ging zögernd darauf ein. »Ich kam hierher, um einen Job anzubieten. Bin mir jetzt nicht mehr ganz sicher. Wir brauchen dafür spitzenmäßiges Personal. Mit verkrachten Existenzen aus irgendwelchen Gefängnissen können wir nichts anfangen.«

»Kommt drauf an, *wer* da drin sitzt«, sagte Mandville. »Wie dem auch sei, wir lassen erst mal einen Rundruf los. Es gibt immer Möglichkeiten!«

»Schon mal gemacht?«

Jevers und Mandville tauschten erneut Blicke aus. Dann: »Yeah. Paarmal schon. Deshalb saßen wir ja im Knast.«

»Soll das eure Empfehlung sein?«

Hooks Befürchtung, er könnte zu weit gegangen sein, verschwand umgehend, während er weiter zuhörte. Die Aussicht auf Beute lockte Männer wie diese, zog sie an wie Motten das Licht. Und als sich im weiteren Verlaufe des Gespräches herausstellte, daß Jevers und Mandville gefaßt worden waren, während sie anderen zur Flucht verhelfen wollten, gab Hook sein Zögern auf. Daß er in diesem Falle als Einzelgänger nicht weiterkommen würde, war ihm schon lange klar. Das Leben als einsamer Wolf im Mahlstrom glitzernder Sterne zeigte sich ohnehin meistens von der rauhen und unangenehmen Seite. Ryder Hook wußte das besser als jeder andere. Kopfnickend drückte er seine Zustimmung aus.

»In Ordnung. Gebt die Parole aus. Ich unterstütze euch dabei!«

So wurde es beschlossen, dort in der aufrührerischen und ausschweifenden Atmosphäre von Kitty Malones Nachtbar ›Zum freien Fall‹. Hook wußte zwar nicht, was die Novaleute dazu gesagt hätten, wäre es ihnen möglich gewesen zu lauschen, jedoch nahm er an, es hätte sie amüsiert.

Nachdem dieses geklärt war, überließ man sich den Vergnügungen der Nachtbar. Hook und Vanda tanzten freischwebend in der Luft. Jevers und Mandville genehmigten sich noch ein paar Drinks und verschwanden dann. Die Vorbereitungen für die Operation ARHP waren angelaufen.

»ARHP?« erkundigte sich Vanda, als ein Luftkissentaxi sie in ihr Hotel fuhr, während sich die *Fire Daisy* mit Hilfe des Autopiloten im Orbit befand.

»Operation Anti-Ryder-Hook-Projekt!«

»Aber ich werde dich weiterhin Captain Zero nennen, denn das bist du für mich. Und Arbit Kasdun, vermute ich.«

»Braves Mädchen!«

»Nun«, meinte sie dann mit einem entschlossenen Unterton, »da wir ja warten müssen, bis sich das Team zusammengefunden hat, werden wir uns hier eine wundervolle Zeit machen! Das ist doch wohl klar!«

Und so geschah es auch.

Während der folgenden Wochen sprachen sie häufig

über das Projekt, wägten Für und Wider ab, versuchten, alle Eventualitäten in Betracht zu ziehen und sich auszumalen, was sie auf Volstoss erwartete. Vanda gab zu bedenken: »Du sagtest, es seien keine dieser schrecklichen Projektmänner dort. Dann können wir doch nicht sicher sein, daß die Zitadelle wirklich der richtige Ort ist!«

»Aber Doorn waren da. Sie arbeiten einzig und allein für die Novaleute. Ein wirklich schreckliches Volk.«

»Aber warum gibt es keine Novaleute auf Volstoss?«

»Irritiert mich auch. Aber weißt du, ich gelange allmählich zu der Überzeugung, daß es wesentlich weniger Projektleute gibt, als ich dachte. Weit weniger als früher!«

Vandas logisches Denkvermögen befaßte sich umgehend mit dieser Bemerkung.

»Du sagtest, viele der Novaleute, mit denen du in letzter Zeit zu tun gehabt hast, seien minderwertig gewesen. Ich glaube, deine Vermutung ist richtig, und sie schaffen nicht mehr so viele von hohem Niveau, um ihre jetzige Führerschaft nicht zu gefährden.«

»Scheint so!«

»Das erleichtert doch sicher die Aufgabe, nicht?«

»Ein Projektmann, meine Süße, reicht schon!«

»Ja, vermutlich hast du recht.«

Hook verkniff sich die Bemerkung: »Du solltest es besser glauben!« weil sein Respekt für Vanda eine solche Rhetorik ihr gegenüber verbot. Dennoch dachte er so.

Einige Tage später, als sie von einer Vergnügungsreise an Bord eines Luxuskreuzers, der ihnen die Sehenswürdigkeiten des Planeten gezeigt hatte, zurückkehrten, fanden sie Mandville und Jevers vor, die Masayoshi Ishikawa mitgebracht hatten. Die Aussicht auf Abenteuer und Beute ließ sein rundes Gesicht förmlich strahlen.

»Die Sache läßt sich ganz gut an«, berichtete er. »Die Parole geht rund. Söldner bieten sich an. Die ganze Angelegenheit klingt auch höchst verlockend!«

Hook hatte die Geschichte ausgeschmückt und immer wieder einfließen lassen, welch umfangreiche Beute dabei herausspringen würde. Ihn plagten jedoch keinerlei Gewissensbisse. Er kannte die Projektleute gut genug, um davon ausgehen zu können, daß in der Zitadelle auf Volstoss wirklich Schätze warteten.

Das Metallgeld im Safe hatte Hook den Projektleuten, zusammen mit Wechseln und Krediten, weggeschnappt. Es reichte locker, um die Unkosten zu decken, und selbst dann wäre noch eine Menge übrig. Durch den eigenen Kutter waren sie von keinem Linienverkehr abhängig.

Er berichtete der Stammeinheit des wachsenden Teams, daß sie mit Hilfe von Antigrav-Packs dorthin gelangen würden.

»Ich hatte mir in einer schäbigen Kleinstadt einen Flieger gechartert und ihn nicht wieder zurückgebracht. Dabei bin ich noch glimpflich davongekommen. Jeder, der so was noch mal versucht, wird wahrscheinlich zusammen mit dem Flieger verbrennen.«

Mit Sticheleien wie dieser kurbelte Hook ihre Adrenalinzufuhr an. Er brauchte Leute, die sich nicht so leicht abschrecken ließen. Viele der Neuankömmlinge brachten ihre eigene Ausrüstung mit und bestanden darauf, sie auch benutzen zu dürfen. Das kam Hook sehr gelegen. So sparte er Geld, und seine Leute arbeiteten mit Geräten, die ihnen vertraut waren. Das Unternehmen gedieh.

Auch Cash meldete sich. Sein dunkles Haar war inzwischen kurz geschnitten, die Nase saß jedoch unverändert schief im Gesicht. Hook freute sich, ihn wiederzusehen, denn seine Erfahrungen mit Alarmanlagen konnten ausschlaggebend für den Erfolg der Aktion sein.

Nicht alle waren Homo saps, jedoch hatten die Fremdlinge unter ihnen auch ihre eigenen speziellen Fähigkeiten zu bieten. Es wurde beschlossen, sie zu einem neuen Planeten, den Ishikawa ausgekundschaftet hatte, zu bringen, damit sie dort ihre praktischen Übungen mit Schußwaffen und Sprengstoffen nach Lust und Laune machen konnten.

Hooks Zeichnungen und Pläne von der Zitadelle wurden eifrig studiert. Man erstellte ein Modell. Auf Ishikawas Welt, die den Namen Boarza trug, fertigten sie eine vergitterte Nachbildung der Zidalle etwa in Originalgröße an und übten, von der *Fire Daisy* aus, mittels Antigrav-Tornistern ans Ziel zu gelangen.

Als sie eine Stärke von siebenundvierzig Mann erreicht hatten, meinte Hook, es sei jetzt genug. Er machte sich auf den Weg nach Macinski, um das Meldebüro zu schließen und Jevers abzuholen. Jever war hocherfreut, endlich gehen zu dürfen, und meinte mit einem schiefen, selbstkritischen Lächeln: »Für einen galaktischen Einzelgänger habe ich mich hier ganz schön einsam gefühlt!«

»Dann laß uns verschwinden!« Als er sich vorbeugte, um Jevers' Reisetasche an sich zu nehmen, ertönte hinter ihm, von der Tür aus, eine tiefe autoritäre Stimme:

»Ich hatte so eine Vorahnung, daß wir uns wiedersehen würden. Wie ich sehe, seid ihr eure Kalcroiden losgeworden.«

Hook wirbelte herum und erblickte Oberstleutnant Reckman, der stämmig und vierschrötig in der Türfüllung lehnte.

13. Kapitel

Es stellte sich heraus, daß Reckman die Wende in seinem Schicksal von der philosophischen Seite her betrachtete.

Nach dem ersten kratzbürstigen Wortgefecht entstand Schweigen zwischen ihm und Jevers. Hook amüsierte sich nur. Reckman hatte die Flüsterpropaganda mitbekommen und war erschienen, um sich dem Team für eine schwierige aber dennoch lukrative Unternehmung anzuschließen.

»Ihr habt mich überlistet«, berichtete er. »Kann es euch noch nicht einmal übelnehmen. Ich wünschte mir, daß euch die Flucht vom Marktplatz aus gelingen würde, nachdem ihr die Bank . . .«

»Tatsächlich?« wollte Jevers bestätigt wissen.

»Sicher. Zusammen mit der Beute. Major Drargan war abkommandiert, auf der anderen Seite des Platzes zuzuschlagen. Ihr wart nur als Köder oder Ablenkungsmanöver gedacht, der eigentliche Stoßtrupp sollte im Schutze eures Tumultes zuschlagen.«

»Nun, dann haben wir ja getan, was man von uns erwartete«, murmelte Jevers, der immer noch grollte.

»Drargan verschwand. Niemand hat jemals wieder etwas von ihm gehört.«

Hook sagte: »Und Sie hat man hintergangen und

anschließend rausgeschmissen! Jetzt sind sie also Söldner. Nun, willkommen im Team!«

»Sind noch mehr von den Sträflingen dabei?«

Jevers wollte gerade loslegen, da kam Hook ihm zuvor: »Sicher. Sie sind doch wirklich ein echter Krifmann, nicht wahr? Mit dem Taktgefühl eines wildgewordenen Handfegers. Was übrigens Drargan angeht — er ist zerschmolzen.«

»Was?«

»Ganz recht. Er hat Sie verraten. Lief aber nicht ganz nach Wunsch!«

»Verstehe! Das also ist passiert. Nun, Springer wird froh sein, davon zu erfahren.«

»Ist sie hier?«

»Natürlich. Wir wurden zusammen vors Kriegsgericht gestellt.«

»Nun, ich weiß nicht recht!« Hilflos blickte Jevers zu Hook hinüber.

Dieser beschloß, die Sache humorvoll zu betrachten. »Aber natürlich nehmen wir sie. Schließlich ist sie nicht die einzige Frau.«

Reckman sagte: »Sie bedeutet mir nichts. Aber ich würde sie jetzt nicht gern sitzenlassen.«

Hook fiel erneut auf, daß es sich bei Reckman, trotz seines Dampfwalzen-Charmes, um keinen gewöhnlichen Krifmann handelte.

»Na, dann los«, forderte Jevers sie auf. »Wenn wir gehen wollen, sollten wir es gleich tun. Es gibt viel zu tun.«

Am Raumhafen trafen sie Captain Springer. Reckmann stellte fest: »Wie ich sehe, haben Sie immer noch Ihr Raumschiff.« Wohlwollend registrierte Hook die formelle Anrede, die der Krifmann offensichtlich aufgrund der veränderten Umstände gewählt hatte.

Springer, das war von vornherein klar, verwand den Schicksalsschlag der unehrenhaften Entlassung nicht so leicht wie der Oberst. Für sie hatte das Leben seinen Sinn verloren, und daher war sie Reckman gefolgt.

Hook beschloß, ein wachsames Auge auf sie zu haben. Einmal machte er eine beiläufige Bemerkung, daß vier Augen mehr sehen könnten als zwei. Es kam nicht gut an.

»Ich kann selbst mit meinem linken Auge besser sehen, als Sie mit Ihren beiden, Kasdun. Vergessen Sie das nicht.«

Reckman tippte sich vielsagend gegen das juwelengefaßte Okular, das sein eigenes linkes Auge ersetzte.

Das mochte vielleicht auf einen normalen Sterblichen zutreffen. Aber Hook war schließlich ein halber Projektmann und verfügte über wahre Wunderorgane für Optik und Akustik.

Ohne weiteres Gerede machten sie sich schließlich auf den Weg nach Boarza. Dort war natürlich die Überraschung groß, als die ehemaligen Sträflinge herausfanden, um wen es sich bei ihren neuen Kameraden handelte. Aber keiner legte sich mit ihnen an.

Es folgte dort eine Phase intensiven Trainings.

Hook beteiligte sich ebenfalls daran, um ein gutes Beispiel zu geben, und schließlich wollte Reckman wissen: »Wer ist denn der Verantwortliche dieses Unternehmens? Wann taucht der Boss endlich auf?«

Vanda, ganz Dame von Welt, schnüffelte hochmütig und meinte: »Ist Ihnen das entgangen, Oberst? Taynor Kasdun ist der Chef!«

»*Wie bitte?*«

»Einen Augenblick mal«, entrüstete sich Hook. »Sicher bin ich das. Es handelt sich hier um mein Geld, mein Zielobjekt und meinen Plan. Aber wir haben alle das Recht auf gleiche Anteile, da auch jeder seinen Beitrag leisten muß. Das ist alles!«

Springer murmelte: »Ich wünschte, ich hätte Sie niemals gesehen!«

Hook verkniff sich eine Bemerkung wie: »Das beruht auf Gegenseitigkeit, Lady!«

Vanda überspielte die peinliche Situation, indem sie das Thema auf das örtliche Radio- und Fernsehnetz lenkte. »Wenigstens in Grenzwelten hat das Radio eine konkrete Daseinsberechtigung. In hochzivilisierten Welten, in denen die Bevölkerung unterbeschäftigt ist, stellt es nur noch eine unbedeutende Nebensächlichkeit dar mit schrecklichem Lärm, den man allgemein Musik nennt, und diesen grauenvollen Diskjockeys. Den ganzen Tag dröhnt es nur stupide vor sich hin und erfüllt den Zweck einer akustischen Berieselungsanlage.«

»Brot und Spiele«, entgegnete Hook. »Füllt die Köpfe der Proletarier mit Banalitäten, damit sie nicht mehr denken.«

»Aber sie haben das Radio die *ganze Zeit* laufen und können überhaupt nicht richtig zuhören, weil sie sich dabei ständig unterhalten.«

»Wenn man sie ihrer Geräuschkulisse beraubte, würden sich ihre Köpfe blähen und platzen. Arme Kerle!«

Vanda hatte sehr unter dem ständigen Schwall entsetzlicher sogenannter Musik und kindischer Trivialitäten gelitten. »Sie schalten sogar Fernsehen und Radio *zur selben Zeit* ein. Dann unterhalten sie sich nur noch schreiend, um den Krach zu übertönen. Kein Wunder, daß ihr Gehirn verkalkt.«

»Nun ja«, gab Hook wieder einmal seine Binsenweisheit zum besten, »man braucht eben alle möglichen Leute, um eine Galaxis zu bevölkern.«

»Stimmt schon«, warf Schygul, einer der jüngeren Mitglieder des Teams, ein, »aber man braucht doch ein bißchen Hintergrundmusik.«

Jemand anders stellte in Frage, ob es sich bei dem Lärm wirklich um Musik handeln würde, und unausweichlich begann sofort das schönste Streitgespräch. Reckman stand abseits und wunderte sich nur, daß sich die anderen über derartig nebensächliche Dinge wie Musik oder nicht Musik so sehr ereifern konnten.

Obwohl diese Söldner der Galaxis hart und konsequent an ihren Trainingsprogrammen arbeiteten, waren sie dennoch keine Kinder von Traurigkeit. Sie feierten gern, wenn immer sich eine Gelegenheit dazu bot.

Die in Normalgröße aufgestellte Gitterkonstruktion stellte nur einen kleinen Teil des Zitadellendaches auf Volstoss dar. Zu dem eigentlichen Dach gehörten noch zwei Türme, ein Zwischenwall und das Gewölbe der neuen inneren Kuppel.

Während der Trainingsphase wurden die Männer und Frauen häufig durch elektronische Simulationsgeräte glashart darauf hingewiesen, wie gut oder wie schlecht sie seien. Hook betonte immer wieder: »Wenn ihr auf diese Burschen, die Doorn, trefft, erledigt sie mit dem ersten Schuß, für einen zweiten bekommt ihr keine Chance.«

Die Söldner, die darauf bestanden hatten, ihre eigenen Werkzeuge, also auch Waffen, benutzen zu können, verfügten über die unterschiedlichsten Modelle.

Einige der Männer meinten, Automatik-Holster und elektronische Handhabungssysteme würden ihre Geschwindigkeit beeinträchtigen. Andere, die nur die

Hand austreckten, in die sich dann in Windeseile automatisch die Waffe schmiegte, vertraten die Ansicht, dies ginge wesentlich schneller, als wenn man auf übliche Weise ziehen würde. Natürlich stellten sich auch darüber wieder hitzige Diskussionen ein, es wurden Wetten abgeschlossen, und Hook ließ diese Waffendemonstration zu einem festlichen Ereignis werden.

Vanda meinte leicht irritiert: »Hör mal, Captain, dieser Streitpunkt hätte doch schon vor Jahren geklärt sein müssen!«

»Ist er wahrscheinlich auch. Aber es gibt immer wieder Leute, die gewonnene Erkenntnisse in Frage stellen. Genieße den Spaß an der Freud!«

Riesige Mengen wurden während des Wettbewerbs verzehrt. Wie der Teufel gingen die Söldner mit ihren Waffen ans Werk. Eine Feder mit Metallfühler konnte dem Schützen die Waffe in Lichtgeschwindigkeit in die Faust schnellen lassen, der brauchte dann nur noch zu entsichern und fertig. Das Zielen, gleichgültig, welches System man verwendete, und Abdrücken blieb allerdings nach wie vor dem Schützen und seinem Geschick überlassen. Der Wettbewerb war in keiner Weise einseitig. Auch fiel Hook auf, daß in der Galaxis, in der mittels Mikro-Technik tödliche Waffen von ganz geringer Größe hergestellt werden konnten, viele Leute das Gefühl einer großen, klobigen Pistole in ihrer Hand bevorzugten.

Hook hatte vorher angeordnet, daß die Magazine aller Dellings, Parkats und anderer Disgel-Waffen entfernt werden müßten. Die Männer hatten murrend zugestimmt. In der Hitze des Gefechts wäre sonst möglicherweise jemand zerschmolzen.

Später, als sich jeder nach dem Wettbewerb ausruhte,

aber dennoch eine gewisse Mißhelligkeit in der Luft hing, sagte Hook zu Vanda: »Du wirst die *Fire Daisy* fliegen.«

»Aber ich will mit dir gehen . . .«

»Du fliegst das Schiff und läßt uns am ersten Gebirgsjoch raus. Dann gehst du in eine Umlaufbahn, aber bleib dabei der Gefahrenzone fern. Halt dich bereit, uns wieder aufzunehmen. Was du zu tun hast, mein Mädchen, ist wahrscheinlich viel gefährlicher, als hineinzugehen. Verstanden?«

»Aber . . .«

»Ruhig!«

»Nur weil ich ein Androide bin, glaubst du, du kannst mit mir herumkommandieren wie mit einem mechanischen Sklaven!«

Hooks Nüstern blähten sich förmlich. Er wagte nicht, sie anzusehen. Hätte er es getan, hätte er sie angesprungen. Statt dessen erhob er sich und sagte mit besonders mürrischem Tonfall: »Wenn du möchtest, kann ich dich ja auch Blechmädchen nennen. Du fliegst die *Fire Daisy.* Und wenn man dich dort oben am Himmel in kleine Stückchen pustet, dann jammere mir nur nicht die Ohren voll, damit ich dich wieder zusammensetze.«

»Captain!«

Hook verschwand, um sich auf den morgigen Abmarsch vorzubereiten.

Cash kam auf Hook zu, um mit ihm seine Spezialausrüstung nochmals zu überprüfen. Er verfügte wirklich über eine große Erfahrung mit Alarmanlagen, und Hook war froh, Cash bei sich im Team zu haben. Während der Diskussionen und Entscheidungen, wo und wie die Sicherheitseinrichtungen zu überlisten seien, hatte es Cash sehr überrascht, daß auch Hook so gut Bescheid wußte. Aber dieser konnte nun einmal nicht verhehlen, daß er zwangsläufig umfangreiche Kenntnisse von allen Überwachungssystemen besaß.

»Ich habe mit Mandville gesprochen.« Cash erhob sich, um das Zelt zu verlassen. »Ist wirklich 'ne dicke Sache mit ihm und Jevers. Gibt wohl immer mal 'ne Zeit, in der man sich entscheiden muß, ob man Einzelgänger bleibt, scheint mir!«

Hook verstand Cash so, daß er seine Bemerkung weder negativ gemeint hatte noch sich über die beiden lustig machen wollte. Er hatte nur erkannt, daß sie zu Freunden geworden waren.

Die meisten der Söldner besaßen Kreditkarten. Sie würden dort anheuern, wo die Bezahlung stimmte und der Job interessant war.

Die Gefangenen, die Drargan im Gefängnis von Leontini ausgewählt hatte, waren alles Einzelgänger gewesen, die sich als Köder eigneten beziehungsweise entbehrlich waren. Die Gruppe, die sich hier zusammengefunden hatte, ließ sicher auch diese Leute über die Vorteile von Teamwork nachdenken.

»Cash, du störst die Alarmanlagen nur, damit wir reinkommen können. Wenn wir das lebend überstehen, sollten wir so etwas noch mal versuchen.«

»Yeah. Schon möglich!«

Nachdem alle Vorbereitungen erledigt waren, machte sich Hook daran, die Zeit bis zum Abmarsch totzuschlagen. Als das Team am nächsten Morgen in die *Fire Daisy* kletterte, hing deutliche Nervosität in der Luft. Vanda nahm auf dem Pilotensessel Platz und brachte das Raumschiff auf Kurs zum Einsatzort.

Hook versicherte sich selbst immer wieder, daß er diese Leute nicht hinters Licht führen würde. Gewiß gab es in der Zitadelle auf Volstoss auch Schätze. Mußte es einfach geben! Unterwegs erteilte er die letzten Einsatzbefehle. Die Reihenfolge des Ausstiegs lag fest. Jeder wußte, was jeder zu tun hatte. Der Kutter schwebte aus dem weiten Raum zum Zielort, wo Vanda ihn über dem verabredeten Punkt verharren ließ. Hook sprang als erster. Er warf sich einfach kopfüber durch die fremdartige Luft dem Ziel entgegen. Das Team folgte ihm in kurzen Abständen.

Wie vereinzelte Regentropfen prasselten sie hinunter. Das Gitterwerk tauchte vor ihnen auf. Dort waren auch die beiden Türme, der Zwischenwall und innen drin die neue Kuppel. Hook suchte sich genau die passende Stelle aus, schaltete seinen Antigrav-Tornister in exakt dem richtigen Sekundenbruchteil ein und kam leicht wie eine Feder am Boden auf.

In dem Augenblick, als seine Stiefel die Pflastersteine berührten, setzte er sich sofort in Bewegung und rannte zum schmalen Torweg des inneren Turmes. Reckman war an seiner Seite, Mandville und Jevers folgten auf dem Fuße.

Als Cash weiterlief, um sich mit der Tür zu beschäftigen, schwärmten sie aus und suchten Deckung. Bei seiner Erfahrung dauerte es nur Sekunden, bis er ihnen den Zugang ermöglicht hatte, und Hook stürmte sofort hindurch.

Er erwartete, eine Treppe oder einen Grav-Schacht zu sehen, jedoch führte die Tür nur in einen Raum mit einem ebenen, nichtssagenden Metallfußboden. Ein kurzer, prüfender Blick über Wände, Boden und Decke überzeugte ihn, daß es von hier keinen anderen Weg hinaus gab. Wenn dort nicht irgendwo eine Geheimtür versteckt war, würden sie so nicht weiterkommen.

Mit ruhiger, gleichmäßiger Stimme sprach Hook ins Funkgerät, durch das er mit den anderen des Teams in Verbindung stand. »Zweiter Turm. Setzt euch in Bewegung.«

Die zweite Vorhut hatte die Tür ihres Turmes geöffnet. Sie wartete auf die Bestätigung, als erste hindurchzugehen und den Weg freizumachen, bevor die erste Vorhut folgte.

Niemand sprach ein Wort. Dann fragte Reckman: »Wollen wir den Fußboden in die Luft jagen?«

»Nein!« Hook hielt sich nicht mit Erklärungen auf.

Meck, der die zweite Vorhut anführte, meldete sich über den Kommunikator. »Alles klar!«

»Geht los!« lautete Hooks spontane Antwort.

Und so kam es, daß Hook, anstatt den Stoßtrupp tapfer anzuführen, nur mehr die Nachhut bildete.

Der zweite Turm besaß einen Grav-Schacht, den sie mit schußbereiten Waffen hinunterschwebten. Mit dem ersten Team, das seinen Turm inzwischen verlassen hatte und einen Zugang durch das Kuppelgewölbe suchte, blieben sie in ständigem Funkkontakt.

Alles war bislang reibungslos verlaufen, wenn man mal von der kleinen Verzögerung beim ersten Turm absah, und das zermürbende, sich immer wiederholende Einüben des Landevorganges hatte sich jetzt wirklich bestens ausgezahlt. Tatsächlich war es ihnen gelungen, innerhalb der angesetzten drei Minuten herunterzukommen und in eines der Gebäude einzudringen. Von diesem Punkt an fehlten ihnen die Informationen. Hook wußte genau, daß sie eigentlich kein eingeschworenes Team waren. Die Einzelgänger würde es danach drängen, die Dinge individuell zu handhaben, und nur die sturmerprobten Söldner dürften zusammenhalten. Ihre

Erfahrung ließ sie Aktionen dieser Art anders beurteilen als die Einzelgänger. Hook machte es nichts aus.

Von dem Raum am Fuße des Grav Schachtes gingen logischerweise drei Türen ab. Zwei führten zu den Festungsmauern, und die dritte bot Zugang zur Kuppel. Mecks Team war bereits gegangen. Davinchi, der die Unterstützungstruppe anführte, schwebte den Grav-Schacht hinunter. Hook lief eilig auf die dritte Tür los.

Einige Meter den Korridor hinunter lagen die Überreste eines Mannes. Meck hatte sich nicht mit langen Nachfragen aufgehalten. Während Hook weiterrannte, meldete sich Meck wieder. »An den Glastüren gehen wir nach rechts!«

»Verstanden!«

Der Korridor mündete in einen Bereich, von dem drei Glastüren abzweigten. Hook rief über das Funkgerät: »Nimm die mittlere Glastür, Davinchi!«

»Verstanden!«

Die Türen bestanden aus gewöhnlichem Glas, es waren keine Kraftfelder. Cash deutete mit erhobenem Daumen an, daß keine Alarmanlage vorhanden war, woraufhin Hook hindurchstürmte. Die linke Tür führte zu einem metallenen Korridor.

Jetzt, nachdem sie in die Zitadelle der Doorn eindrangen, mußte sich Hook von dem Gedanken freimachen, nur ein Söldner im Einsatz zu sein. Seine Anwesenheit hier hatte einen ganz bestimmten Grund.

Zwei Männer kamen im Eilschritt um eine Biegung des Korridores herum. Als Doorn reagierten sie umgehend auf die Eindringlinge. Ihre Schüsse ertönten im Gleichklang mit denen von Reckman und Springer. Beide Krifleute trafen, die Schüsse der Doorn prallten gegen die Wände.

Hook, der auf die Biegung zurannte, rief in sein Funksprechgerät: »Wir sind auf der richtigen Spur! Beeilt euch!«

Wenig später meldete sich Davinchi: »Wir haben ein Feuergefecht!«

Von Meck war nichts zu hören.

Hinter der Biegung verzweigte sich der Korridor. Cash, Mandville und Jevers schlugen den Weg nach rechts ein, einige andere gingen links ab, Reckman und Springer folgten Hook geradeaus.

Springer atmete verräterisch laut, dennoch ging Hook davon aus, daß sie, ebenso wie die anderen, imstande war, ihre Furcht unter Kontrolle zu halten. Bei Einsätzen wie diesem war der Tod ein schrecklicher Weggefährte. Er eilte weiter, überprüfte vier Türen, die seitlich vom Korridor abgingen, und öffnete schließlich die fünfte. Mit vorgehaltener Waffe blickte er hinein. Von draußen erklang das unheilverkündende Zischen einer Energiewaffe. Hook wirbelte herum.

Reckman hatte ein Knie gebeugt und schoß in den Korridor hinein. Springer lag mit durchschossener Brust ausgestreckt am Boden. Ihr Helm rollte davon und zog ihr das schwarze Haar aus dem Gesicht. Die ständig verborgene Gesichtshälfte war nur eine Platte aus Plastik und Metall.

Ein grünlicher Feuerstrahl schoß an Reckmans Kopf vorbei.

Der Krifmann wollte gerade das Feuer erwidern, als Hook seinen Arm ergriff und ihn zu sich herüberzog. Reckman taumelte in den Raum und fluchte wie eine Banshee.

»Ich hätte es diesen Syphilitikern gezeigt!« schimpfte er.

»Wie viele?«

»Sechs!«

Dann fügte Reckman hinzu: »Nachdem ich drei von diesen widerwärtigen Kotzbrocken erledigt habe!«

»Schnell, hier entlang!« keuchte Hook und strebte der Tür an der gegenüberliegenden Wand entgegen. »Nun los, Reckman!«

Ohne sich zu vergewissern, ob der Krifmann wirklich folgte, sprang Hook auf die Tür los und öffnete sie mit einem gezielten Tritt. Bereit, auf alles, was sich bewegte, zu schießen, stürmte er hinein.

Ganz plötzlich und ohne jede vorherige Warnung trat Hook ins Leere. Seine Füße fanden keinen Halt mehr, er fiel.

Während er durch die dünne Luft stürzte, versuchte er verzweifelt, sein Antigrav-Gerät einzuschalten. Über seinem Kopf wurde die Falltür wieder geschlossen. Hook wirbelte herum wie ein Ventilator und raste so tiefer Finsternis entgegen.

14. Kapitel

Schließlich fanden seine nervösen Finger den Einschaltknopf des Antigrav-Tornisters. Er zerrte dermaßen heftig daran, daß er sekundenlang befürchtete, ihn kaputtgemacht zu haben. Dann wurde der Sturz in den dunklen Abgrund aufgefangen, und er hing an seinem Antigrav-Pack. Erleichtert atmete er auf. Seine Stiefel schwebten in nur geringem Abstand über dem Betonboden. Den Bruchteil einer Sekunde später, und er wäre . . .

Die Grube sah aus wie ein verlassener Grav-Schacht.

Mit Hilfe seines Tornisters schwang er sich empor, bis er die Falltür erreicht hatte. Er lauschte angespannt. Nichts war zu hören.

Da Reckman nicht gefolgt war — was mochte dieser verrückte Krifmann jetzt wohl tun? Hatte er sich möglicherweise wieder auf den Korridor begeben, um das Feuergefecht fortzusetzen?

Vorsichtig machte sich Hook an der Falltür zu schaffen und fand dabei heraus, daß sie fest verschlossen war. Dann würde er sie sprengen müssen.

Wenn aber jetzt Reckman gerade in dem Augenblick zurückkäme, in dem Hook . . . Nun das war das Problem des Krifmannes!

Genauso könnte er natürlich gerade dann seine mächtige Krifarm Special auf die Falltür richten, um sie wegzupusten und nach Hook zu suchen . . .

Das Funkgerät schwieg. Keiner antwortete auf Hooks Rufe.

Und da war noch etwas . . . Hook hing mitten in der Luft und ging mit sich zu Rate. Wenn diese Grube eine richtige Falle war, dann hatte sie ihren Zweck voll erfüllt. Aber niemand konnte schließlich davon ausgehen, daß irgendwelche Eindringlinge dumm genug wären, sich darauf zu stellen. Es sei denn, und das war's wohl, die Söldner standen unter Beobachtung und wurden genau dorthin geführt, wohin die Doorn sie haben wollten.

»Zum Teufel noch mal, nein!« brach es aus Hook heraus, und er richtete seine große Martian Mega auf die Falltür. Das Ding flog in kleinen Stückchen auseinander. Reckman, oder Einzelteile von ihm, fiel nicht hindurch. Hook schwebte weiter nach oben.

Der Raum war leer. Springers Leiche lag immer noch

im Korridor, wobei die metallene Gesichtshälfte im Lampenschein glitzerte. Von Reckman keine Spur.

Das Fehlen von Doorn-Leichen auf dem Flur könnte alles mögliche bedeuten. Hatte Reckman sich aus dem Staube gemacht? Oder war dieser idiotische Krifmann vielleicht gefangengenommen worden?

Hook eilte weiter, sah sich dabei ständig prüfend um. Diese Situation kam eigentlich nicht einmal unerwartet. Von den Einzelgängern hatte er sich schon gedacht, daß sie losziehen würden, um ihr Glück allein zu versuchen. Jetzt war er auf sich selbst gestellt, und überall an diesem Ort wimmelte es vor habgierigen Söldnern und Abenteurern. Absolut perfekt! Aufgrund seiner bisherigen Erfahrungen mit den Projektleuten und ihren wissenschaftlichen Einrichtungen konnte sich Hook annähernd vorstellen, wie das Innere des Doms aussah und was sich an technischer Ausrüstung darin befand.

Die Novaleute entwickelten darin das Ryder-Hook-Projekt. Die Abwesenheit jeglichen Projektmannes oder jeglicher Projektfrau irritierte ihn. Natürlich beschäftigten sie erstklassige Wissenschaftler, und ebenfalls aus Erfahrung wußte Hook, daß diese Genies auch dann ihre Arbeit fortsetzen würden, selbst wenn das Dach einstürzte. Um die Lappalie des Eindringens einiger Räuber dürften sie sich schon gar nicht kümmern, denn die Doorn erledigten Angelegenheiten dieser Art für sie. Während Hook weiterlief, verharrte das Funkgerät immer noch in hartnäckigem Schweigen.

Die beste Erklärung dieser Sachlage war wohl, daß die Doorn eine Kommunikationssperre über den gesamten Komplex verhängt hatten.

Die guten alten IRK-Schaltkreise seines Gehirns leiteten ihn an den äußeren Überwachungskameras vorbei, und als er eine Tür aus Stahl und Beryllium erspähte, die von zwei Doorn bewacht wurde, stellte Hook zufrieden fest, auf der richtigen Spur zu sein.

Er steckte seine Martian Mega ins Holster zurück und zog statt dessen die Tonota Achtzig. Hook wollte gerade den Abzug betätigen, als schwere Schritte die Ankunft einer ganzen Doorn-Gruppe verkündeten. Es waren zehn von diesen Schweinehunden.

Fluchend ließ sich Hook wieder in den Schatten zurückfallen. Mißmutig sah er sich nach einem anderen Eingang um.

Diese Doorn waren keine Amateure. In den Außenbereichen wogten zahlreiche Feuergefechte, denn das, was hinter dieser Tür lag, hatten sie zu bewachen, und es würde verdammt schwer sein, sie von der Erfüllung ihrer Pflicht abzubringen.

Hook ging an der Mauer entlang und arbeitete sich so um den inneren Verteidigungsring herum.

Zu guter Letzt fiel ihm eine weitere Zugangsmöglichkeit ein. Es war etwas so Banales wie ein Luftkanal. Auch die würden sicher gut bewacht. Die Genies dort drinnen mußten aber gelegentlich essen, und daher heftete sich Hook an die Fersen eines Roboters, der ein Tablett voller Leckereien trug. Die Futterluke war sehr schmal und wurde von zwei Doorn bewacht, die dem Roboter gelangweilt zusahen.

Kurzerhand erschoß Hook die beiden und verpaßte dem Roboter einen heftigen Stoß, so daß dieser, mitsamt seinem Tablett, durch die geöffnete Tür segelte.

Hook bewegte sich blitzschnell. Er befand sich zwar in Normalzeit, war in seinen Reaktionen aber dennoch um ein Vielfaches schneller als normale Sterbliche.

Die Tür fiel hinter ihnen ins Schloß. Als der Roboter

augenscheinlich etwas sagen wollte, fauchte Hook ihn an: »Halt die Klappe, Blechmann!«

Hook lüftete eine Ecke der Serviette auf dem Tablett, und ein köstlicher Duft nach Speck und Eiern stieg ihm in die Nase. Es waren zwar synthetische Speisen, aber dennoch ausgesprochen verlockend.

Hook hatte keine Zeit zum Essen, dafür war er im Augenblick viel zu angespannt. Er ließ die Serviette wieder fallen und sagte: »In Ordnung, Blechmann. Geh jetzt los, ich folge dir!«

»Aber, Sir . . .«

»Marsch!«

Dieser Roboter-Kellner war mit Sicherheit nicht von den Doorn programmiert worden. Die Wissenschaftler hatten offensichtlich ihre eigenen Roboter mitgebracht.

Der Weg war nicht lang und endete in einer kleinen Servierküche. Der Roboter blieb stehen, legte einen Hebel um, woraufhin sich eine Klappe in der Wand öffnete, und schob das Tablett hindurch.

»Es ist mir nicht gestattet, weiterzugehen, Sir!«

»Verdammt!« entfuhr es Hook. Er konnte diesen Blechmann mit der Information seines Eindringens nicht mehr einfach so herumlaufen lassen.

Hook wies in eine Ecke. »Stell dich da hin!« Nachdem der Roboter seinem Befehl gefolgt war, streckte Hook seine Hand aus und schaltete ihn ab.

Hooks ausgezeichnete Nase fing den Duft von Speisen auf, die vorher durch diese Klappe serviert worden waren. Maschinenöl und die allgegenwärtige statische Elektrizität mischte sich ebenfalls darunter.

Eine dünne, stark geäderte Hand griff in die Öffnung und zog das Tablett aus der Durchreiche. Hook wartete. Er hörte das Klatschen weicher Schuhe auf Metall. In der Annahme, daß sich der Mann herumgedreht hatte und sich mit dem Tablett entfernte, beugte Hook den Kopf und und warf einen schnellen Blick durch die Servierluke.

Der weiße Kittel des Mannes versperrte ihm größtenteils die Sicht, doch konnte er dennoch ein blitzsauberes Labor mit komplizierten Apparaten darin sehen. Von der Anordnung her konnte Hook erkennen, daß alles in dem Raum auf den Gegenstand im Zentrum ausgerichtet war. Hook konnte nicht erkennen, worum es sich handelte, da der davonschlurfende Mann ihm diesbezüglich die Sicht versperrte. Sein weißes, spärliches Haar ließ keinen Zweifel daran, daß er sich einen feuchten Kehricht um sein Äußeres scherte. Zweifellos lebte er nur für die Wunder und Mysterien der Wissenschaft, vollkommen gleichgültig, ob er dabei für die Novaleute arbeitete.

Hook lauschte, während sich der Mann wieder auf seinen Platz begab.

Durch das Summen der Geräte, das Zischen und Knattern der Hochspannungsleitungen konnte Hook die Stimme einer Frau hören. Sie sagte: »Vielen Dank, daß Sie uns benachrichtigt haben. Aber es ist für uns eigentlich unbedeutend.« Eine Pause entstand, dann fuhr sie fort: »Sie dürfen auf keinen Fall eine Störung des Projektes zulassen, Major Chinoy! Sie wissen das und haben entsprechende Order!« Eine weitere Pause, und dann: »Ich verstehe! Erledigen Sie die Sache möglichst schnell!« Laut und deutlich wurde ein Hörer auf die Gabel geknallt.

Wie vermutet, ließen die Einbrecher die Wissenschaftler in der Tat vollkommen kalt. Die Doorn würden sich darum kümmern.

Eine andere Stimme meldete sich zu Wort, und die Frau antwortete so wie Hook es vermutet hatte. Dann meinte sie: »Wir müssen für Fendi Louche bereit sein. Er wird in fünfzehn Minuten kommen.«

»Man kann über diese Leute sagen, was man will«, sagte eine schwerfällige Stimme, »aber sie kommen niemals zu spät zu einer Verabredung.«

»Schalte alles ein und vergewissere dich, daß alle Geräte betriebsbereit sind. Wenn diese neuen Empfänger jemals arbeiten sollen, dann ist es jetzt der geeignete Augenblick. Unser Zeitplan ist schon fast überzogen.«

Eine andere, piepsige Stimme war zu hören.

»Nehmen Sie sich bitte Speck und Eier. Übrigens fange ich allmählich an, mich ernsthaft zu fragen, ob dieses Experiment überhaupt entwicklungsfähig ist . . .«

»Sagen Sie das nicht!« schnaufte die Frau. »Der Monitor zeichnet bereits Pulsschläge auf. Also muß das Versuchsobjekt auch ansprechen. Der Fendi versicherte uns, daß sie reagiert und wir, parallel zu den einkommenden, auch ausgehende Impulse würden festhalten können.«

»Das ist blanke Theorie!«

Hook wurde nervös. Es drängte ihn unbändig danach, jetzt endlich einen Blick auf das diabolische Experiment zu werfen, das hier durchgeführt wurde. Er holte tief Luft und zog sich hoch, um besser durch die Luke sehen zu können.

Als erstes erspähte er drei Wissenschaftler, die alle weiße Kittel trugen. Die Frau war mittleren Alters. Ihre groben Züge drückten die Last der Verantwortung aus. Einer der Männer wirkte wie ein angeketteter Bär, den man gequält hatte und der sich gegen seine Peiniger zur Wehr setzte. Der Speck-und-Eier-Servierer war hager und hatte ein schrecklich sorgenvolles Gesicht. Er schüttelte den Kopf und drückte so seine intensiven Zweifel in bezug auf die Durchführung des Experimentes aus.

Das Gerät im Zentrum des Labors fesselte Hooks ganze Aufmerksamkeit. Worum auch immer es sich handeln mochte, es war sehr groß und übersät von Kabeln und Hochspannungsleitungen. Schüsseln, die aussahen wie alte Radarantennen, waren drum herum angeordnet. Zahllose kleine Lämpchen leuchteten an den Konsolen auf. Der gesamte Aufbau wirkte höchst professionell und schien mit Sicherheit eine ganze Menge Geld gekostet zu haben.

Im Herzen dieser hochwertigen Ausrüstung erstrahlte eine halb transparente Kugel durch reflektiertes Licht. Was sich in dieser Kugel befinden mochte, war nicht zu erkennen. Hook konnte eine weiße Gestalt ausmachen, die etwa einen Meter lang war. Aus irgendwelchen unerfindlichen Gründen fühlte er sich an Bilder von Leichen auf Scheiterhaufen erinnert. Diesen Eindruck erweckte der dort ausgestreckt liegende Körper, während das reflektierte Licht der Kugel wie hungrig züngelnde Flammen wirkte. Aber das war ja gar nicht möglich, es sei denn, es handelte sich bei der Gestalt um einen Zwerg.

Hook ließ sich wieder zurücksinken.

Die gesamte Situation bereitete ihm äußerstes Unbehagen. Im Namen Dirty Bertie Bashtis, es handelte sich hier doch um das Ryder-Hook-Projekt, oder etwa nicht? Na, also!

Jetzt endlich mußte er des Rätsels Lösung, die Antwort auf seine bangen Fragen gefunden haben. Er spürte die Schweißperlen auf seiner Stirn und schaltete die Scheibenwischer am Helm ein. Das war eine verteufelte Erkenntnis.

Abgesehen von ihrem manischen Drang, möglichst alles im Mahlstrom glitzernder Sterne kontrollieren zu wollen, konnte niemand die Projektleute als Idioten oder Dummköpfe beschimpfen. Allerdings waren sie schon durch dieses heftige Streben als verrückt gebrandmarkt. Im täglichen Leben jedoch verhielten sie sich ungeheuer gerissen.

Nun sollte also dieser Fendi Louche kommen. Fendi war die Bezeichnung für einen Projektmann mittlerer Rangordnung. Er unterstand den Novirs, befehligte aber die meisten anderen. Diese Wissenschaftler wußten, daß er entsprechende Energieimpulse ausstrahlen würde. Und sie sprachen von Pulsschlägen, die hereinkommen sowie hinausgehen.

Jetzt warteten sie darauf, daß der Novamann in Reichweite kommen würde, um dessen Energieimpulse und die Stärke der eingehenden und ausgehenden Signale messen zu können. Hook vermutete, das jetzt alles miterleben zu können. Was sich da vor seinen Augen abspielte, erschütterte ihn bis ins Mark.

Kein Wunder, daß sie es Ryder-Hook-Projekt nannten!

Offensichtlich hatte einer von ihnen im Laufe von Hooks Abenteuern zwischen den Sternen und seiner Kämpfe gegen die Projektmänner zwei und zwei zusammengezählt und war mit Hilfe der grandiosen Intelligenz eines Novamannes zu einer Antwort gelangt. Wo dieses geschehen sein mochte, konnte Hook nicht wissen. Es war ihm nur erschreckend klar, daß es passiert sein mußte.

Er zog seine Martian Mega.

Den ganzen Haufen in die Luft jagen, das war die Anwort! Er zitterte wie Espenlaub. Nur ja alles ausradieren mit der säubernden Kraft nackter Energie!

Aber . . . wer oder was lag dort im Zentrum der Kugel?

Hook starrte auf seine Martian Mega in seiner Hand und bemerkte, daß die Waffe kleine Kreise in der Luft beschrieb.

Er mußte sich wieder unter Kontrolle bringen. Diese Schweinehunde hielten sein Leben in ihrer Hand. Hier war kein Platz für Mitleid oder sentimentale Gefühle. Absolut keiner! Er dachte an Iola Gervase, und der Magen drehte sich ihm um. Wenn schon nicht seinetwegen, so mußten diese Vasallen der Novaleute auf jeden Fall ihretwegen sterben.

Eine Stimme, kalt wie Stahl, ertönte über den Lautsprecher.

»Hier spricht Fendi Louche. Ich bin etwa fünfzig Kilometer entfernt. Ist alles vorbereitet, Doktor Sukowa?«

Die Frau erwiderte: »Hier ist alles bereit, Fendi! Die Doorn berichteten uns von einem Eindringen mehrerer Söldner. Unsere Arbeit wird davon aber nicht betroffen. Major Chinoy hat alles unter Kontrolle.«

»Wie ärgerlich! Ich werde jetzt näherkommen!«

Fast unmittelbar nach diesen Worten spürte Hook, wie die ersten heftigen Vibrationen von Projektmann-Energie seinen Körper und sein Gehirn durchliefen. Dieser Bastard Louche mußte demnach relativ machtvoll sein, allerdings nichts Besonderes.

Es war jetzt weder Zeit noch der Ort, sich am Wohlgefühl des Projektmann-Zustandes zu ergötzen. Rasch hatte Hook die volle Kraft erreicht — und er würde diesen Vorteil jetzt wahrscheinlich nötiger brauchen als je zuvor.

Die Frau schrie auf.

»Empfänger Süd zwei. Seht mal!«

Hook streckte seine Kopf durch die Luke und blickte ebenfalls hin.

Die drei Wissenschaftler versammelten sich vor dem Empfänger, der Hook am nächsten stand. Aus dieser Tatsache schloß Hook, daß sich Louche vom Norden her näherte. Louches Energieimpulse wurden von Hook aufgefangen und wieder abgegeben, was der Empfänger jetzt aufzeichnete. Hook fühlte sie wie eine Fliege im Spinnenetz.

Die Frau, Doktor Sukowa, brüllte ins Mikrofon: »Fendi Louche! Erfolgsmeldung! Wir . . .«

Hook versetzte sich in Höchstgeschwindigkeit. Er sprang durch die Luke, rutschte über den Metallfußboden und riß das Mikrofonkabel aus der Wand. Als nächstes stürmte er zur Kugel und warf einen neugierigen Blick hinein.

Eine kleine, weiße Gestalt lag darin.

Ein winziges Kind, ein Mädchen, mit einem weißem Laken zugedeckt. Sein Gesicht kam Hook wie das eines Engels vor. Er hatte zwar wenig Erfahrung, das Alter eines Kindes zu schätzen, doch vermutete er, es könne nicht älter als zwei oder drei Jahre sein. Die Augen in seinem ergreifend bleichen Gesicht, dessen Eindruck durch einen wunderschönen braunen Haarschopf noch unterstrichen wurde, waren geschlossen.

Das war also der Reflektor, den sie benutzten, um die Projektmann-Energie zu messen!

Hook machte auf dem Absatz kehrt, huschte zu dem älteren Mann hinüber, nahm ihn auf den Arm und trug ihn, während er ihn, so gut es ging, vor der Reibungshitze zu schützen versuchte, mit sich zurück zur Durchreiche. Während er den Burschen hindurchschob und ihm dann gleich folgte, mußte er bereits einige winzige Flammen, die an seinem Kittel zu züngeln begannen, löschen. Der Hinterkopf des Mannes war angesengt. In dem Augenblick, als Hook in Normalzeit zurückfiel, holte er sofort eine Tube Wundsalbe aus der Tasche.

Hook blickte in das verwelkte Gesicht und meinte: »Wenn du jetzt sterben möchtest, Bruder, brauchst du dich nur meinen Befehlen zu widersetzten! Verstanden?«

Tränen rannen aus den Augen des mickrigen Burschen. Er schlug sich die knöchernen Hände vors Gesicht. »Was . . .?«

»Das Ryder-Hook-Projekt, Bruder. Erzähl mir was davon!«

»Aber ich verstehe nicht. Wie bin ich hierhergekommen? Wer sind Sie? Wo ist . . .?«

»Das RHP!« Während Hook sprach, lauschte er gleichzeitig ins Labor hinein. Doktor Sukowa kreischte hysterisch. »Was ist mit dem Kommunikator passiert?«

Und der andere Wissenschaftler fragte: »Wo, zum Teufel, ist Argilby?«

»Sagen Sie mir, Argilby, wer ist dort in der Kugel?« Hooks Stimme hätte selbst einem Dämonen Angst eingejagt.

Die Frau greinte immer noch herum. »Ach, vergessen Sie Argilby. Sehen Sie! Nun kommen Sie schon, hier! Der Empfänger zeichnet die Signale aus der falschen Richtung auf! Sie kommen von hinten herein!«

Argilby zitterte wie Wackelpudding. Hook glaubte nicht, daß auch er hören konnte, was im Labor vorging. Argilbys Hand klammerte sich an Hooks Arm.

»Bitte bringen Sie mich nicht um! Ich erzähle Ihnen alles, was Sie wissen wollen, aber bringen Sie mich, um Gottes willen, nicht um!«

»Bearbeitet ihr dort drinnen die Ryder-Hook-Devise? Das RHD?«

»Ja, ja!«

»Aha! Und in der Kugel liegt das arme Kind eines Projektmannes und einer normalen Frau, wobei es euch Typen vollkommen gleichgültig ist, ob es lebt oder stirbt!« Das war gar nicht möglich, Hook pokerte nur.

»Nein, das stimmt nicht! Die Novir versprachen uns, uns nach erfolgreichem Abschluß des RHD als Belohnung auch zu Projektleuten zu machen.« Argilby fuhr sich mit dem Handrücken über seinen feuchten Mund. »Das muß man inzwischen schon sein. Mit der Genetik kommt man heute nicht mehr weit.«

Indem sie dem armen Kind entsprechende Impulse zuführten, die sie dann aufzuzeichnen versuchten, planten sie es in ein Projektbaby umzuwandeln. Sollten sie dabei erfolgreich sein, verfügten sie über weitere Möglichkeiten, die sich jeder Projektmann zu eigen machen konnte, alleine schon, um zu erfahren, ob sich Ryder Hook in der Nähe aufhielt.

Ihre Kraft mußte nur äußerst gering gewesen sein, denn Hook verspürte selbst dann nichts, als er in die Kugel spähte.

Hook hörte donnerndes Getöse aus dem Labor. Es hörte sich an, als sei ein Raumschiff auf der Kuppel gelandet. Er warf einen Blick hinein und sah, wie das Dach, einer verhängnisvollen Lawine gleich, herunterstürzte. Unzählige Energiestöße folgten. Staub und Qualm nahmen ihm die Sicht, und er konnte gerade noch erkennen, wie Doktor Sukowa und ihr Assistent unter den Geröllmengen zusammenbrachen. Die Wände stürzten ein.

Vom Labor blieb nichts mehr übrig.

Unter ohrenbetäubendem Getöse und mit wahren Schuttbergen setzte sich die Zerstörung fort. Staubwolken zogen auf die Luke zu.

Die krachende Entladung von Energiewaffen ließ erkennen, daß dieser Katastrophe ein Feuergefecht vorangegangen sein mußte.

»Bitte . . .!« jammerte Argilby.

Hook hatte jetzt keine Zeit mehr für den kleinen Wissenschaftler. Dennoch brachte er es nicht übers Herz, den Burschen seinem sicheren Tod unter Schuttmassen zu überlassen.

»In Ordnung. Wir müssen jetzt verschwinden! Halten Sie sich fest!«

Als Hook die Arme nach dem Wissenschaftler ausstreckte, meinte dieser plötzlich: »Es war doch ein Erfolg. Wir haben das gesuchte Resultat entdeckt.«

»Und jetzt hoffen Sie, zu einem Projektmann zu werden?«

»Natürlich. Ich glaube, wir haben unser Versagen noch rechtzeitig in einen Erfolg umwandeln können.« Erstaunlich, wie Argilby durch diese Überlegungen ins Leben zurückfand und auch seine Haltung wiedererlangte. Er lebte wirklich nur für seine Wissenschaft, das wurde deutlich klar.

»Nun kommen Sie schon, Sie Technokrat, wir müssen verschwinden!«

»Ja, in Ordnung. Und ich werde ein Projektmann!«

»Geben Sie die Hoffnung nicht auf!«

»Natürlich werde ich es! Trotz Ihrer Mißachtung des Projektes verfügen Sie ja schließlich auch über Projektmann-Fähigkeiten und sind dennoch kein Novamann!«

15. Kapitel

Der Antigrav-Tornister verfügte auch nur über eine beschränkte Funktionsfähigkeit.

Während sich Hook zum zerstörten Dach aufmachte, aus dem der Schutt immer noch in Kaskaden herunterfiel, mußte er die Geschwindigkeit der Leistungsfähigkeit seines Antigrav-Packs anpassen. Er drehte den Schalter zwar ganz auf, aber dennoch schien ihm alles nervenzerfetzend langsam zu gehen.

»Lassen Sie mich, um Himmels willen, ja nicht runterfallen!« jammerte Argilby.

»Seien Sie ruhig, und halten Sie sich fest!«

Oben angekommen, verkündeten Lichtblitze nackter Energie, daß hier ein heftiges Feuergefecht im Gange war.

»Wenn sie uns entdecken, schießen sie uns sofort ab!« greinte der Wissenschaftler, wollte sich wieder zurückziehen und rutschte dabei schreiend aus. Hook erwischte ihn gerade noch am Arm und zog ihn herauf.

»Hören Sie eigentlich nie auf das, was von Ihnen verlangt wird, Argilby?«

»Ohne mich wären sie bei RHP keinen Schritt vorangekommen.«

»Aber Sukowa kam dazu, riß das Kommando an sich und stahl Ihr . . .«

»Dieses Satansweib!«

»Mein Gott, halten Sie doch Ihren verdammten Kopf unten. Und laufen Sie jetzt los!«

Hook tastete sich vorsichtig über einen Mauervorsprung, der vom gesamten Dach übriggeblieben war. Mit nacktem Auge konnte Hook kaum noch etwas durch den aufsteigenden Rauch erkennen, doch vermochte er dank seines nützlichen Infrarot-Sichtgerätes einen Fluchtweg zu finden. Der Brandgeruch wurde allmählich sehr unangenehm.

Hook zerrte den Wissenschaftler am Arm von dem Feuergefecht fort. Soweit es Hook betraf, durften die Mitglieder des Teams, das er zusammengestellt hatte, sich nach eigenem Gusto amüsieren und soviel Beute, wie sie tragen könnten, mitnehmen. Er selbst hatte seine Aufgabe erfüllt, wenn auch nicht ganz so wie geplant. Das RHP war gestorben.

Man brauchte ihn nicht daran zu erinnern, daß das Gervase-Projekt noch ausgekundschaftet und, falls nötig, wie das RHP ausgelöscht werden mußte. Es wurde ihm klar, wie gerne er jetzt schnell von hier verschwunden wäre, um die andere Aufgabe an Angriff zu nehmen. Der Wissenschaftler Doktor Argilby dürfte sich bei der Suche als nützlich erweisen, als äußerst nützlich . . .

Eine Gestalt, die er durch den Rauch nur verschwommen erkennen konnte, ließ sich Hook auf den Boden werfen, wobei der Argilby mit sich zog. Sofort hielt er seine Tonota Achtzig in der Hand.

Die undeutliche Gestalt ließ Lichtblitze den Korridor entlangzucken, die Boden und Wände grünlich färbten. Hook zögerte nicht eine Sekunde, die Tonota Achtzig antworten zu lassen. Die Gestalt verschwand. Teile des Korridors gingen zu Bruch.

»Wir werden . . .« keuchte Doktor Argilby.

»Halt die Klappe!«

Hook riß den kleinen Kerl hoch. Schnell lief er zur nächsten Abzweigung des Korridors und versuchte sich zu orientieren.

Er befand sich immer noch im Projektmann-Zustand. Eigentlich sollte er sich in Höchstgeschwindigkeit versetzen und sofort abhauen. Das sollte er eigentlich tun . . .

Die von ihm rekrutierten Söldner und Abenteurer hatten sich geschickt angestellt. Fast zu geschickt. Offensichtlich waren sie erfolgreich vorangekommen und gerieten dann, als die Doorn sie zu stellen versuchten, mit ihnen über dem Labor in ein Feuergefecht. Die daraus resultierende Zerstörung ging daher auf das Konto seines Teams. Hook hatte sie nicht verursacht. Aber er vermutete, daß es keinerlei Unterschied machte.

Wenn er sie jetzt hier unten ihrem Schicksal überließ, Vanda rief und einfach verschwand — wäre es nicht genau das, was man von einem galaktischen Einzelgänger erwarten mußte?

Er zweifelte nicht daran, daß es die anderen Einzelgänger in seiner Situation ebenso gemacht hätten — natürlich vorausgesetzt, die Beute war gesichert.

Hook blickte prüfend in alle Richtungen und traf dann seine Entscheidung. Er schaltete sein Funkgerät ein, das er seit geraumer Zeit nicht mehr benutzt hatte, und sofort ergoß sich ein Stimmengewirr über die Helm-Lautsprecher.

Er wartete einen Augenblick und nutzte dabei seine speziellen Fähigkeiten, die verschiedenen Stimmen auszusondern.

Das Team verbrachte offensichtlich eine bombige Zeit.

Sie hatten zwar Verluste hinnehmen müssen, waren aber auf eine riesige Beute gestoßen, die sie wie ein Magnet in dieses wahnsinnige Kampfgetümmel gezogen hatte. Vollbeladen kämpften sie sich jetzt ihren Weg nach draußen frei.

Die Nachrichtensperre der Doorn war zerstört worden, als Meck und sein Team das gesamte Kommunikationszentrum mitsamt einem Dutzend Doorn in die Luft gejagt hatten.

Hook vernahm Mandvilles rauhe Stimme: »Wo, zum Teufel, ist Kasdun geblieben, verdammt noch mal?«

»Vergiß ihn, wahrscheinlich ist er tot«, entgegnete die Stimme von Scurdon, einem gerissenen kleinen Schurken. »Laßt uns jetzt verschwinden!«

»Nein!« meldete sich Jevers heftig zu Worte. »Ich für meinen Teil gehe nicht ohne Kasdun!«

»Das gilt auch für mich«, bestätigte Mandville.

Zu Hooks größter Überraschung konnte er auch Reckmans sonore Stimme erkennen, die sagte: »Für mich ebenfalls!«

Das Stimmengewirr nahm wieder zu, als das Für und Wider ausgelotet wurde. Hook fand den Standort von Mandville und Jevers heraus, krallte sich Doktor Argilby und machte sich auf den Weg.

Er beschloß, den Jungens nicht ihren Spaß zu verderben, indem er ihnen vorher mitteilte, noch am Leben zu sein. Er lernte immer noch dazu.

Der Wahrheit die Ehre, so hatte Hook eine solche Haltung von keinem Mitglied seines Teams erwartet. Ein Team zum gemeinsamen Kampf zusammenzuschmieden war eine Sache, aber von ihnen zu erwarten, auch nach dem Kampf, im Besitz der Beute, nicht nur an sich, sondern weiterhin auch an die anderen zu denken, eine ganz andere.

Auf seinem Weg versetzte sich Hook gelegentlich in Höchstgeschwindigkeit, um schwierige Hindernisse überwinden zu können. Aus Rücksichtnahme gegenüber Doktor Argilby beschränkte er sich dabei auf das Nötigste.

Hook hatte einmal Leute gekannt, die behaupteten, die Doorn seien keine richtigen Menschen aus Fleisch und Blut. Obwohl sich diese Behauptung nicht durch Beweise erhärten ließ, war sie dennoch nicht so abwegig, wie es im ersten Moment vielleicht den Anschein haben mochte. Die Doorn besaßen schnelle Reflexe, großartige Zielsicherheit, einen muskulösen Körperbau, rücksichtslose Charaktere und setzten bei allen Gelegenheiten nur das Schlechte voraus.

Wenn die Abenteurer des Stoßtrupps jetzt allerdings meinten, sie brauchten nur ihre Schätze an sich zu nehmen und einfach hinauszuwandern, dann hatten sie die Doorn gründlich und verhängnisvoll unterschätzt.

Hook schalt sich selbst: »Du bist der geborene Dummkopf, Ryder Hook. Aber was getan werden muß, muß getan werden! Schließlich sind darunter Leute wie Mandville und Jevers. Überraschenderweise zählt jetzt auch dieser teuflische Krifmann dazu.«

Er steckte seine Tonota Achtzig zurück und zog die Martian Mega hervor. In Situationen wie dieser hätte er gern einen Terran Pacifier in der Hand gehabt. Er sollte sich wirklich einmal darum kümmern, illegale Kontakte aufzunehmen, um eine solche Waffe in seinen Besitz zu bringen.

Dennoch stellte eine Martian Mega an diesem Ende der Schnur jede andere Energiewaffe in den Schatten, das war klar.

Sie war am ehesten imstande, möglichst große Teile der Zitadelle der Projektmänner auf Volstoss in Schutt und Asche zu legen.

Die Stimmen über das Sprechgerät wurden auf einmal panisch, wie es schien, von einem Moment auf den anderen. Einen Augenblick vorher hatten die Angehörigen des Teams noch derbe Männerwitze gemacht und sich guter Dinge mit der Beute auf den Abmarsch vorbereitet, und schon im nächsten Moment waren sie eingekreist und mußten um ihr Leben kämpfen. Wie Hook befürchtete, hatten sie die Doorn dramatisch unterschätzt.

Ein großer Teil der Decke stürzte hinab. Violette Flammen züngelten hoch. Hook versetzte sich sofort in Höchstgeschwindigkeit und huschte vorbei. Haut und innere Organe des armen, alten Argilby dürften dabei in Mitleidenschaft gezogen worden sein, aber das war bei der bestehenden Alternative, verbrennen zu müssen, immer noch das kleinere Übel.

Das Team würde sicher gar nicht verstehen, was ihnen widerfahren war.

Hook schon. Dieser Schweinehund Fendi Louche mußte angekommen sein und hatte sich in Höchstgeschwindigkeit versetzt, um einfach lässig herumzugehen und die Burschen einen nach dem anderen töten zu können. Hook setzte Argilby zu Boden und raste weiter.

Wie auch die Doorn durch ihre Kraft, meinten die Novaleute ebenfalls alles tun zu können. Hook fand das Team eingeschlossen vor. Um sie herum nur Rauch und lodernde Flammen. Die unheilverkündende Gestalt des Novamannes richtete gerade seine Pistole auf Reckman.

Aus den Augenwinkeln bekam Louche eine Bewegung mit, machte auf dem Absatz kehrt und schoß sofort.

Hook rollte zur Seite, und der Schuß ging ins Leere.

Die Martian Mega konnte er jetzt nicht gebrauchen, denn sie würde auch Reckman und seine Kameraden mit in die Luft sprengen.

Ein weiterer Schuß Louches ließ grünliche Feuerblitze

vor Hooks Netzhaut tanzten. Er zwinkerte nur kurz mit den Augenlidern, donnerte die Martian Mega ins Holster zurück und riß die Tonota heraus. Alles ging so schnell, daß das Plastikleder zu verschmoren begann.

Louche konnte Hook jetzt genau erkennen und sprang in Deckung. Die Tonota spie nackte Ernergie. Wieder antworteten grüne Feuerfunken, die Hook einzuhüllen schienen. Er schoß zurück. Das war alles andere als gut.

Louche schien dasselbe zu denken.

Die Mitglieder des Teams standen in den verschiedensten Positionen erstarrt herum. Die Flammen hingen wie zierliche orangefarbene Sommerfäden in der Luft, der Rauch schien fest wie Basalt. Nur Louche und Hook bewegte sich in dieser Welt der Reglosigkeit.

Abgesehen von den Energiestößen, die aus ihren Waffen abgefeuert wurden . . .

Hook schoß erneut und rollte dann in eine neu entstandene Nische. Seine linke Hand streifte den Kolben seiner Martian Mega. Kein Novamann durfte am Leben bleiben, um seinen üblen Machenschaften weiterhin nachgehen zu können. Die Mitglieder des Stoßtrupps waren Sträflinge, Söldner, sozusagen also Abschaum der Galaxis. Hier galt es Prioritäten zu setzen.

Ryder Hook hätte die Martian Mega ziehen und sie auf Fendi Louche, den Projektmann, anlegen sollen. Auch wenn mit ihm zusammen die meisten Angehörigen seines Teams in die Luft gehen würde. Er hätte . . .

Aber er wußte selbst, er war nicht mehr der Ryder Hook vergangener Tage. Er hatte es selber feststellen müssen, er wurde weich. Obwohl er sie alle hätte wegpusten sollen, er brachte es nicht fertig. Es gab noch eine einzige Möglichkeit, seinem Schwur nachzukommen, ohne seine eigenen Leute zu ermorden.

Diese Sache barg allerdings die Gefahr, daß er dabei wahrscheinlich selbst in einzelne Atome zerlegt würde.

Er holte tief Luft, wobei er sich in Windeseile überzeugen konnte, daß die Filter seines Helms einwandfrei arbeiteten und weder Rauch noch Staub in seine Lungen gelangte. Er hielt die Tonota schußbereit. Blitzschnell schoß er voraus, trieb sich selbst zu verzweifelter, panischer Eile an.

Wild entschlossen stürmte er auf seine erstarrten Gefolgsleute zu.

Louche schoß wie wild, verpaßte ihn jedoch. Hook warf sich auf den harten Metallboden, rollte zur Seite und stieß sich dabei die Schulter an einem heruntergefallenen Balken. Im selben Augenblick zischte grünliches Feuer über seinen Kopf hinweg. Er atmete tief durch.

Noch ein mächtiger Satz, und er hatte seine Männer erreicht.

Diesmal hatte Louches Schuß seine Wärmeisolierung in den roten Bereich befördert, wodurch die Thermoelemente verrückt spielten. Hook raste unbeirrt weiter, warf sich kopfüber vorwärts und verschwand hinter einem Schuttberg, der sich zwischen Manville und Jevers aufgetürmt hatte. Sie standen dort, mit Reckman an ihrer Seite, reglos wie geschnitzte Holzfiguren.

Hook kannte den Standort des Novamannes. Als Louche sich auf eine bessere Position begeben wollte, erspähte Hook ihn bei seiner vorsichtigen Bewegung.

Die große, solide, klobige Martian Mega schnaufte kurz. Hook hatte sie abgefeuert. Der gesamte Bereich ging krachend in die Luft. Wie durch einen gigantischen Feuerbesen wurden der Projektmann und die Doorn beiseite gefegt.

Als unmittelbare Folge ließen auch die Impulse bei Hook nach. Er war, wie sonst auch, nur mehr ein halber Projektmann.

Sofort entstand um ihn herum großer Tumult und Getöse.

Das Stimmengewirr drohte ihm den Kopf zu sprengen.

»Wo, zum Teufel, kommst du denn her, Kasdun?«

Und: »Haben wir ihn erwischt? Hey, die sind ja alle verschwunden!«

Die Doorn draußen fuhren zu schießen fort. Alles war inzwischen voller Rauch, und die Sichtgeräte schalteten sich automatisch ein. Hook ließ seine Mega erneut ihre deutliche Sprache sprechen.

»Nun bin ich ja hier! Laßt uns mit diesen Schweinehunden schnell abrechnen und dann verschwinden!«

Der Kampf wogte eindeutig zugunsten von Hooks Söldnern und Abenteurern. Vielleicht waren sie wirklich der Abschaum der Galaxis, aber sie wußten zu kämpfen und ihre Vorteile zu nutzen. Das Verschwinden der Projektmann-Energie nahm Hook jedesmal furchtbar mit. Er bedauerte den Verlust zutiefst. Jetzt nutzte er diese Aggression, um seine Männer in den letzten entscheidenden Kampf gegen die Doorn zu treiben. Es gelang ihnen schon bald, die Angreifer zu vernichten.

Hooks Männer hatten verheerende Verluste erlitten. Davinchi war tot. Meck hatte einen zerschmetterten Arm. Schygul war tot. Masayoshi Ishikawa hatte sich eine Metallstrebe an den Stumpf seines linken Beines gebunden, damit er sich vorwärtsbewegen konnte. Stokes war tot. Cash hatte Glück gehabt. Andere waren verschollen.

Der Laborkomplex der Festung auf Volstoss war tatsächlich für sehr viele kämpfende Frauen und Männer zu einer Zitadelle des Verderbens geworden.

»Es sind mit Sicherheit noch welche von diesen Syphilitikern übriggeblieben«, ermahnte sie Hook.

»Also verschwindet jetzt und haltet die Augen offen.«

»Meinst du, da sind noch mehr?« stieß Jevers hervor.

»Ganz sicher! Jetzt schnell hoch zum Dach!«

Er aktivierte die IRK-Schaltkreise in seinem Gehirn, und Vanda antwortete prompt.

»Wir kommen jetzt raus, Vanda. Halte dich über den Festungsmauern, an der Absprungstelle, bereit.«

»In Ordnung, Captain!«

»Braves Mädchen!«

»Nicht Blechmädchen, Captain?«

»Vielleicht! Kommt drauf an!«

Er brach den Kontakt ab, brüllte seine Leute an, sie sollten gefälligst ihre Hintern auf den Schutzwall zwischen den beiden Türmen bewegen, und lief dann zurück in Staub und Rauch.

Doktor Argilby wanderte ziellos herum, hatte sich die Hände vors Gesicht geschlagen und war in einem erbarmungswürdigen Zustand. Sein Kittel hing zerfetzt und schmutzig an ihm herunter, seine Haut war voller Blasen und das Haar versengt. Der kleine Kerl hatte nicht die leiseste Ahnung, wo er sich gerade befand. Hook griff nach seinem Arm.

»Hier entlang, Doktor. Sie kommen mit uns!«

»Aber . . .«

Argilby hustete unablässig und spuckte grünen

Schleim. Er hatte keine Filter, die seine Lungen schützten.

Mit Argilby unter dem Arm machte sich Hook auf den Weg zum Treffpunkt zwischen den beiden Türmen.

Argilby krächzte los: »Ich dachte, Sie verfügen über Projektmann-Fähigkeiten!«

»Nein«, entgegnete Hook, »ich bewege mich nur schnell.«

»Aber sie wollen mich zu einem Projektmann machen! Sie haben es versprochen! Sie sagten, wenn das RHD funktioniert, werden sie . . .«

Offensichtlich war der Wissenschaftler benommen und daher unfähig, die Geschehnisse richtig zu erfassen. Dieses war vollkommen verständlich, denn die Geschichte muß ihm wie ein Alptraum vorgekommen sein.

»Bitte«, flehte Argilby und schluckte. »Ich muß zurück und . . .«

»Kommt nicht in Frage. Da unten lebt keiner mehr!«

Schließlich erreichte Hook frische Luft ohne den Geruch von Rauch und Vernichtung. Die wartenden Männer hatten sich nicht in einer Gruppe aufgestellt, sondern vereinzelt Gefechtspositionen bezogen, um für einen möglichen Angriff der Doorn gewappnet zu sein.

Er stellte Argilby auf die Füße. Von Helmen geschützte Köpfe wandten sich dem Wissenschaftler mit neugierigen, fragenden Augen zu.

»Aber das Experiment«, schnatterte Argilby. »Es war ein Erfolg! Der Empfänger zeichnete Impulse auf . . .«

Die *Fire Daisy* tauchte auf, und Vanda ließ sie auf Stelzen herunter.

»Ich kann hier nicht weg!« schrie Argilby. »Ich will ein Projektmann werden!«

»Ich sagte Ihnen bereits, sie sind alle tot. Auch das arme kleine Mädchen.« Das gefiel Hook an der Geschichte überhaupt nicht. Aber so klein und zerbrechlich dieses Mädchen auch gewesen sein mochte, so war es doch ein Projektbaby. Dennoch, es hatte nur über äußerst schwache Impulse verfügt . . .

»Hatte dieses kleine Mädchen wirklich Projektmann-Fähigkeiten?« erkundigte sich Hook.

Die Männer versammelten sich in der Luftschleuse des Kutters.

Argilby wandte sich Hook zu. »Nein, nicht wirklich. Ihre Mutter starb, und der Fötus wurde entfernt. Man legte ihn in einen Brutkasten. Das war ein Teil des mißlungenen genetischen Programms. Unser Programm sollte ihre reflektierten Impulse nachweisen — und das ist uns gelungen!«

»Dann verfügte sie also zum Teil über diese Fähigkeiten?«

»Natürlich, das sagte ich doch!«

»Und wie hieß ihre Mutter?«

»Iola Gervase.«

Das Universum explodierte in Hooks Schädel.

Mühsam stieß er hervor: »Ihr Vater?«

»Was soll die Frage? Ryder Hook, natürlich!«

ENDE